吴歌的发展与传承研究

马克 著

延边大学出版社

图书在版编目（CIP）数据

吴歌的发展与传承研究 / 马克著. -- 延吉：延边
大学出版社, 2020.12
ISBN 978-7-230-00365-0

Ⅰ. ①吴… Ⅱ. ①马… Ⅲ. ①民歌－文学研究－江苏
Ⅳ. ①I207.72

中国版本图书馆 CIP 数据核字(2020)第 244204 号

吴歌的发展与传承研究

著　　者：马　克
责任编辑：崔成龙
封面设计：延大兴业
出版发行：延边大学出版社
社　　址：吉林省延吉市公园路 977 号　　　邮　　编：133002
网　　址：http://www.ydcbs.com　　　　E-mail：ydcbs@ydcbs.com
电　　话：0433-2732435　　　　　　　　传　　真：0433-2732434
制　　作：山东延大兴业文化传媒有限责任公司
印　　刷：延边延大兴业数码印务有限责任公司
开　　本：787×1092　1/16
印　　张：7.75
字　　数：120 千字
版　　次：2022 年 3 月 第 1 版
印　　次：2022 年 3 月 第 1 次印刷
书　　号：ISBN 978-7-230-00365-0

定价：60.00 元

作者简介

马克，男，江苏省无锡市人，毕业于南京师范大学，现任江南大学声乐教授，硕士生导师。研究方向为音乐教育和声乐演唱。

前　言

　　吴歌是我国非常宝贵的非物质文化遗产，具有悠久的发展历史和丰富的文化底蕴。吴歌是吴语方言地区的广大民众所创作的一种文学。吴歌口口相传，代代相袭，具有浓厚的地域特色，生动形象地体现了吴地人民的生活习俗，在我国的文学史上占有极为重要的地位。但随着社会的不断发展，人们对传统文化的认知正在逐步降低，吴歌的保存和传承也因此面临着极其严峻的形势，甚至出现了传承人断层的现象，对作为传统文学的吴歌造成了极大的影响。

　　吴歌发源于江苏的吴地，属于一种民谣，带有浓郁的地方特色，其本身具有温柔敦厚、含蓄缠绵、隐喻曲折等特点，在我国的文学史上占有重要的地位，与唐诗、宋词并列，甚至在明代被称为"一绝"。吴歌具有数千年的发展历史，是无数人民智慧的结晶，但由于近年来，人们对传统文化的重视程度不足，致使吴歌的传承与保护面临着严峻的挑战。

　　吴歌蕴含着相当丰富的艺术价值、历史价值及文化价值，是江南地区相当重要的非物质文化遗产。当前学界对吴歌起源的研究较少，本书主要对吴歌的起源、发展及传承与保护进行探讨，以加深对吴歌的认识。

　　吴歌作为我国传统文化的重要组成部分，其传承与保护应当引起我们的重视。相关单位应利用科学技术手段，加强对吴歌及吴歌传承人的保护，并做好未来传承人的培养工作，让吴歌能够得到更加有效的传承与保护。

目　录

第一章 吴歌的发展研究

第一节 吴歌的概述

东晋南朝的吴歌大多描写青年男女的感情生活，其中既有男女相恋的欢喜娇嗔，也有女子暗恋男子的相思切切，而表现尤多的是女子失恋后的哀伤。东晋南朝时期的吴歌创作具有明显的吴地地域特色，集中表现江南边地的意象密集。此外，一部分吴歌的创作明显受到了前代文学的影响。吴歌的产生既是社会风气自发影响的产物，也是魏晋南北朝时期政治分野所带来的必然结果。

吴歌是古代江南文化的瑰宝，是民间艺术发展的代表性作品之一，郭茂倩在《乐府诗集》中道："吴歌杂曲，并出江南。东晋已来，稍有增广。其始皆徒歌，既而被之管弦。盖自永嘉渡江之后，下及梁、陈，咸都建业，吴声歌曲起於此也。"早在我国的春秋战国时期就已经有关于吴歌的记载，但是吴歌真正发展壮大的时期是魏晋南北朝时期，尤其是南朝的政治气候给予了吴歌创作以丰富的养料。在南北朝时期，吴歌被统治者大量采集与创作，并开始由田间巷陌走向殿堂台阁，成为一种正式的歌体。六朝时期的吴歌形成了自己独特的风格，它一改质朴之色而形成了婉曲艳丽的风格。

1

一、吴歌的内容

顾颉刚《吴歌小史》云："所谓的吴歌，便是流传于这一带小儿女口中的民间歌曲。"吴歌最初以徒歌的形式传播于建业一带，早期的吴歌因为是徒歌形式，所以在用词、音韵等方面皆呈现出质朴的风格。自永嘉渡江之日起，吴歌逐渐走出了乡野文学的范畴而与城市文学相结合，它表达的多是城市青年男女的情感生活，展现了江南安逸的城市氛围。

（一）相恋时的欢喜娇嗔之作

沈德潜云："晋人《子夜歌》、齐梁人《读曲》等歌，俚语俱趣，拙语俱巧。"早期的吴歌在曲词上较为朴实，表现的是男女之间的爱情，多有率性天真之语。其后的吴歌创作都将男女的爱情作为诗歌创作的主旨，充分表现出青年男女热恋时的心理变化。热恋中的女子不仅会对情郎满腹相思，还会不自觉地将情郎比附成独一无二的存在："积石如玉，列松如翠。郎艳独绝，世无其二。"情郎的品质如璞玉般无瑕，其身姿威武如翠柏，女子将此美誉毫不犹豫地赋予其情人，表现出女子如火般的热情。热恋中的女子通常带有小女儿的娇羞，为掩饰自己的喜悦，她们多将情感寄托在他物之中："揽裙未结带，约眉出前窗。罗裳易飘飏，小开骂春风。"一阵风起，女子心中的娇喜之态瞬间萌发，为了掩饰便借口骂起了春风，其娇憨泼辣姿态毕现于目前。钟惺《古诗归》评道："骂春风，无理之甚，真儿女性情，儿女口角。"儿女私情的表现大大拓宽了诗歌创作的领域，女子的喜怒哀乐成为诗歌着意表现的对象，富有奇趣。

早在中国诗歌的源头《诗经》中就已经出现了男女突破种种障碍自由欢会甚至结为夫妇的诗作，而在吴歌中，这种诗作的表现能力日益增强，成为文学一景。吴歌中有很多表现热恋男女偷情的作品,陆时雍曾云:"古歌《子夜》等诗,俚情亵语,村童之所赧言。"这种评价代表了士大夫阶层对吴歌表现艺术的态度。吴歌虽然多有俚情亵语,但是其中也不乏生动细腻之作,"打杀长鸣雉,弹去乌臼鸟。愿得连冥不复曙,一年都一晓。"首句表现出对于晨曦初上鸟儿扰人的恼恨,次句发出心中的愿念:希望朝阳不复出现,一年只需要一次晨曦,以便于二人在没有打扰的情况下热烈地欢会。这首诗感情丰富,充满了趣味,生动地描写出了女子矛盾的心情,表现出热恋男女的大胆与开放。

(二)缠绵悱恻的相思情切之作

吴歌中还有一部分表现了一方对另一方的渴慕与执着追求,《读曲歌·八十九》描写道:"披被树明灯,独思谁能忍。欲知长寒夜,兰灯倾壶尽。"漫长的寒夜,伴随女子的是一壶浊酒和不尽的惆怅。诗歌只用了几个标志性的动作描写,便突出了主人公的寂寞难耐之感,利用兰灯、酒壶等意象,充分衬托了凄凉的气氛。思念的情感古今相似、贫贱类同,梁武帝曾撰相思之诗:"兰叶始满地,梅花已落枝。持此可怜意,摘以寄心知。"花开花落本是自然界的正常现象,但是诗人将此比作情感的得失,兰花刚及遍地,梅花就已经谢了,诗人将怜花之意化作怜惜,并希望借此传达对情人的相思。这首诗歌意境丰富,情感深厚,是为难得之作。

渴慕与追求的情感给吴歌带来了别样的生机,而女子失恋时的作品则是吴歌另一种风貌的表现。有诗曰:"登店卖三葛,郎来买丈余。合匹与郎去,谁解断粗疏。"情郎登门买葛布,女子的心中万分忐忑,郎要丈余的布,女子将整匹布交于郎手,此匹布寓有女子深深的心意:整匹布送给情郎,不

3

知自己能否与这匹布一般和情郎两相匹配。吴歌的情感丰富，含蕴深沉，除了失恋时的痛苦忐忑之外，还着力表现出男女爱情的崇高，《华山畿》："华山畿，君既为侬死，独生为谁施？欢若见怜时，棺木为侬开。"描写的是女子为了回报男子的痴情而殉情之事："《华山畿》者，宋少帝时懊恼一曲，亦变曲也。少帝时，南徐一士子，从华山畿往云阳。见客舍有女子年十八九，悦之无因，遂感心疾。母问其故，具以启母。母为至华山寻访，见女具说闻感之因。脱蔽膝令母密置其席下卧之，当已。少日果差。忽举席见蔽膝而抱持，遂吞食而死。气欲绝，谓母曰：'葬时车载，从华山度。'母从其意。比至女门，牛不肯前，打拍不动。女曰：'且待须臾。'妆点沐浴，既而出。歌曰：'华山畿，君既为侬死，独活为谁施盚欢若见怜时，棺木为侬开。'棺应声开，女透入棺，家人叩打，无如之何，乃合葬，呼曰神女冢。"

二、吴歌的艺术特色

吴歌与其他诗体具有不同的风格，它以婉曲绮丽为主要特色，歌唱爱情与讽咏思恋为其主题。吴歌是由劳动者创作的民间俗文学，主要依靠口口相传来传播，深深打上了地域的烙印。

（一）富集的江南意象

在诗歌中置入大量的地方风物，是吴歌的一大特色，这些诗歌经常用莲花、稻谷、河鱼等江南常见的意象起兴，这些意象的使用，一方面是由于江南气候适宜，水网密布；另一方面也是江南人温润如玉的体现。

莲也称"荷""芙蕖""菡萏"等，是江南的标志性植物，也是吴歌中最常见的意象。莲在江南人的生活中扮演着非常重要的角色，自古就是吴地百姓的吟咏对象，有很多借莲以起兴的诗歌：

①我念欢的的，子行由豫情。雾露隐芙蓉，见莲不分明。

②寝食不相忘，同坐复俱起。玉藕金芙蓉，无称我莲子。

③郁蒸仲暑月，长啸出湖边。芙蓉始结叶，花艳未成莲。

莲花，代表着女性的形象，以莲比喻女子，既是对女子出淤泥而不染的赞颂，也赋予了诗境一种含蓄婉转的朦胧感。在吴歌中，以莲喻女的作品极多，一方面，莲花因花色妖娆而常被用来形容女子的美丽。另一方面，对于生活在江南地区的吴地人民来说，莲与他们的生活息息相关，莲可以娱人心目，可以使人果腹，更是一种多子多孙的象征，因此，吴歌中以莲花比喻女子的作品极多。

又有以江南桑蚕和丝织入诗之作，江南素工蚕桑，蚕的养殖在这片土地上相当普遍，因此吴地人民在创作时也将蚕桑置于诗歌中，使得诗歌呈现出别样的风格。这些诗歌中无一不带有江南气息，"理丝入残机，何悟不成匹"表现了女子希冀与男子成双成对的愿望，这里的"匹"既有"布匹"之意，也含有"匹配"的意思，字面上所说皆是布匹，但是其内涵是男女之间的匹配登对。江南独特的蚕桑文化在吴歌中随处可见，其中不仅有男耕女织的传统习俗，更包含着吴地先民对自己家乡的深厚感情。无论是莲花荷藕、桑蚕丝绢，还是菱芰、菰笋，这些意象无不富有江南气息，将江南的韵味表现得极为突出。

（二）前代文学的隐与显

齐梁之代，吴歌的发展达到了顶峰时期，这一时期的诗歌创作具有一个突出的特点：此时的吴歌创作中存在一类诗歌将前代诗歌的本事、主题以及曲辞的创作技巧潜藏到吴歌的创作中，通过片段性的辞句暗示出来，使得诗歌呈现出一种隐秘和深远的审美享受。

梁代吴歌中就有这样的创作特点，其中以乐歌的本事、主题的隐显最为突出。本事、主题本来就是深藏于诗歌之中的，它们的作用大多是形成诗歌的潜在意蕴或者是作者借其有所指，一旦它们成为诗歌的暗藏对象，就会产生一种双重的隐藏效果。《乐府诗集》中《黄鹄曲》题解转引了《列女传》的内容："鲁陶婴者……鲁人或闻其义，将求焉。婴闻之恐不得免，乃作歌明己之不更二庭也。其歌曰：'悲夫黄鹄之早寡兮，七年不双。宛颈独宿兮，不与众同。夜半悲鸣兮，想其故雄。天命早寡兮，独宿何伤。寡妇念此兮，泣下数行。呜呼哀哉兮，死者不可忘。飞鸣尚然兮，况於真良。虽有贤雄兮，终不重行。'鲁人闻之，不敢复求。"又有按曰：《黄鹄》本汉横吹曲名。吴歌《黄鹄曲四首》隐藏了汉横吹曲和《列女传》的本事和主题，这种隐藏是借由对黄鹄的吟咏实现的。"悲夫黄鹄之早寡"和"独宿何伤"是《黄鹄曲》的主题，而鲁陶婴义不事二夫之举为《黄鹄曲》的本事。经过代代相传，吴歌的吟咏者将《黄鹄曲》的主题和本事引入到了吴歌之中，并以此切入到诗题当中。

又有《团扇郎》组诗，《古今乐录》曰："《团扇郎歌》者，晋中书令王珉，捉白团扇与嫂婢谢芳姿有爱，情好甚笃。嫂捶挞婢过苦，王东亭闻而止之。芳姿素善歌，嫂令歌一曲当赦之。应声歌曰：'白团扇，辛苦五流连。是郎眼所见。'珉闻，更问之：'汝歌何遗却？'芳姿即改云：'白团扇，憔悴非昔容，羞与郎相见。'后人因而歌之。"《团扇郎歌》的本事诗来源于晋朝时期的真事，晋朝中书令王珉与嫂子的婢女谢芳姿相爱，一次嫂子责打谢芳姿，恰巧王珉之兄王珣撞见，便让谢芳姿唱和一首，谢芳姿吟咏出这首《团扇郎歌》便免去了责打。这一本事和主题在吴歌组诗中得到了拓展，梁武帝有诗两首："手中白团扇，净如秋团月。清风任动生，娇声任意发。""团扇复团扇，持许自遮面。憔悴无复理，羞与郎相见。"在这两首诗中，可以很明显地发现谢芳姿《团扇郎歌》的痕迹，梁武帝将谢诗中隐藏的意味重新加以组织，使得白团扇是女子心爱男子的象征，经梁武帝之手，这首诗歌便具有了女子娇羞动人的情感。

吴歌很巧妙地将前代诗歌中的本事和主题"旧瓶装新酒"，同时在诗歌的处理上力求让读者能够轻松地领会作者的本意。这种艺术手法使得吴歌在吴地流传的过程中既不会流于"蹈袭"而遭人诟病，也在一定程度上保持了其朦胧的艺术感和独特的艺术品位。

三、吴歌产生的原因

吴歌的兴盛与发展有着重要的社会历史原因和文化生态原因，它是当时江南地区经济文化、社会思潮等多方面因素综合影响下的产物，尤其是江南经济文化的发展，对吴歌产生了很大的推动作用。

诚如萧涤非先生所云："南朝乐府者，名曰民间，实出城市者。"江南城市的发展是吴歌发展的一大动力。南北朝分裂局势促进了北方人民在南地的改革，以庄园经济为主的生产模式将南方农民与北方的士族结合起来，共同促进了经济的发展。在南北朝时期，建康、京口、山阴和江陵等地成为南朝繁华富庶之地，城市经济的发展反映在文学创作上就出现了具有浓重贵族审美趣味的吴歌。经济的发展使财货大量积聚于城市，市民的生活在经济的刺激下日渐富足安逸，享乐的情绪在此滋生开来，两性间相互谑乐，形成了歌颂男欢女爱的吴歌。

随着商业的发展，商人频繁地与贵族交往，加快了江南市井趣味进入宫廷的脚步。唐长孺称："宫廷中流行吴歌、西曲的原因之一，正是和模仿市里工商一样，由于宫廷中聚集了大批'市里小人'，特别是商人。"再加上一部分南朝统治者出身寒微，吴歌这一出身于下层阶级的文学形式符合统治者的喜好，在当时的社会中得到广泛的流传，甚至连皇族也对此流连忘返，"齐武帝尝与王公大臣共集石头烽火楼，令长沙王晃歌《子夜》之曲"，长沙王是南齐的重臣，在公开场合下受皇命演唱《子夜》曲，就已经能充分说明经济的发展对吴歌广为传播所产生的影响了。

吴歌产生的原因多样，尤其是以建康为代表的城市经济的发展对吴歌的传播起了很强的推动作用。同时，经济的发展还为市民的富足生活奠定了重要的物质基础，为以男欢女爱为主线的吴歌的发展奠定了基础。

同样不可否认的是，前朝的文学创作与后世的文人改作也对吴歌的传承与发展有不可磨灭之功。诚如萧涤非所言："南朝乐府，以前期民歌为主干，梁陈拟作，则其附庸。然不有此种拟作，则民歌影响，亦莫由而著。溯自东晋开国，下迄齐亡，百八十余年间，民间乐府已达其最高潮；而梁武以开国能文之主，雅好音乐，吟咏之士，云集殿庭，于是取前期民歌咀嚼之，消化之，或沿旧曲而谱新辞，或改旧曲而创新调，文人之作，遂盛极一时。"总之，对前代民歌的传承使吴歌具有了立足的根本，而梁陈之际的拟作更是给予了吴歌以丰富的生命力，由于统治者和上层人士的钟爱，文人逐渐开始大规模地拟写吴歌，有力地促进了吴歌的兴盛。

四、吴歌的艺术

吴歌不仅是吴地世俗社会的生活记录，还是吴地传统民歌的辉煌"终曲"。因此，在艺术上它是吴地民歌的成功"小结"，吴歌用传统的民歌艺术手法表现了吴地世俗社会阶层的真实生活中的真情，艺术的大胆突破是中国诗歌史上的奇迹。

传统的民歌艺术手法如谐音双关、反复夸张等形成了吴歌独特的表达风格，有论者称为"吴格"，有"指物借意"和"上句述其语，下句释其义"两个特点。其实，吴歌在民歌表达手法"吴格"的继承和发展中最为凸显的是隐喻出奇的大胆，如水乡与苏州城市生活中的各种物象隐喻的感情甚至涉及色情与性。如《挂枝儿》卷八"咏部"《花蝶》："花道蝶，你忒煞相欺负。见娇红嫩蕊时，整日缠奴，热攒攒，轻扑扑，恋着朝朝暮暮，把花心来攒透了。将香味尽尝过，你便又飞去邻家也，再不来采我。"以蝶喻男，以花自喻，以蝶采花喻性事，很大胆，但又不粗俗。

最传统的以这样的隐喻来抒情的吴歌可以追溯到南北朝乐府《采莲曲》："江南可采莲，莲叶何田田，鱼戏莲叶间，鱼戏莲叶东，鱼戏莲叶西，鱼戏莲叶南，鱼戏莲叶北。"以"莲"谐音"怜"，即爱，而鱼则是与性有关的喻像。整首诗便是在隐喻地描写男女青年的幽会。吴歌正是这一民间文学传统的延续，不过，吴歌也将这一种民间文学的艺术手法在世俗力量的诱因和驱使下推到了极致。如《挂枝儿》卷三"想部"中《牵挂》："我好似水底鱼随波游戏，你好似钓鱼人巧弄心机。钓钩儿放着些甜滋味，一时间吞下了，到如今吐又迟。牵挂在心头也，放又放不下你。"以鱼与钩写有了鱼水之欢后的男女思想，入骨之情跃然纸上。

吴歌因为是世俗社会的情感记录，因此除了用传统的意象隐喻外，还大胆地选取城市市民和农村富裕村民生活中的意象来表达感情。虽然有的作品选取的意象极俗，但一经写出生活场景，就有一种在其他任何诗歌中所未见的艺术魅力。如《挂枝儿》卷八"咏部"《夜壶》："夜壶儿，提携你，只贪你个不漏。每夜里，且喜得近我床头。经几度梦回时，和你床沿上成就。我把真心肠付与你，你须一口儿承受，休得半路上丢。你是我救急的乖亲也，怕那臭名扬须闭着口。"夜壶几乎没有被诗歌述及吟咏，但在此生活场景中写出，却有一种独特的世俗气息，吴歌的艺术魅力大概就在于此吧。

吴歌发展到清代，当长篇叙事作品出现的时候，因为受到了戏曲和小说的影响，吴歌在抒情和叙事艺术手法的结合上也呈现出了不同于前的魅力。如长篇叙事吴歌《白杨村山歌》中"哭嫁歌"："外头轧腾轧腾三轧腾，里厢娘囡淘里哭嘤嘤。听哭的人轧呀拼，着前头听哭的轧进里房门，后头短的听勿着拿仔三块碌砖垫脚跟，大岁数的听勿着气忿忿，贴牢壁脚隔壁听。嫁出囡唔我娘挂心肠，声声句句叮嘱囡姑娘。娘道：'囡呀，侬到夫家宅里做大人，时时刻刻要留心。头通鸡啼翻翻身，二通鸡啼落起身，头梳梳来面净净，三通鸡啼头光面滑出房门。'娘道：'囡呀，推出房门黑沉沉，走出房门满天星，台子揩得四角清，扫仔地皮壁角旮。侬勿要倒拖鞋跟开大门，侬勿要散披衣裳出大门，若拨东邻西舍叔叔伯伯来看见，说道某人家新讨媳妇做啥直梗能。'……"母亲的真情，在对比复沓中，涓涓流出，听者动容。"前头听哭的""后头短的""大岁数的"，"头通鸡啼""二通鸡啼""三通鸡啼"，层层对比、重复，将故事情节与人物情感融在了一起。如此将抒情与叙述的艺术手法融合起来的长篇叙事诗在中国诗歌史上也是有一席之地的。

第二节　吴歌产生的源头

当涂介于吴国最南面和楚国最北面，由此有吴头楚尾之称。秦代称丹阳郡，更秦鄣郡为丹阳郡，郡以境内丹阳县而名。丹阳郡是当时中国重要的政治、经济和文化中心。当涂县名源自大禹妻家涂山古氏国。当涂地居襟要，县治姑孰城先后成为南朝的南豫州、宋朝的太平州、元朝的太平路、明清的太平府和清安徽学政、长江水师提督驻地。

一、当涂横山是吴国早期都城的所在地

古代江南建立的第一个诸侯国便是吴国，所以后人就称呼此地为吴，也有说勾吴、攻吴的。吴歌和其他民歌一样，作为一种文化现象，必然是体现了当地村民的生活、生产、祭祀等习俗，并口口相传，不断发展。

殷商末年，传说周朝先公亶父有太伯、仲雍、季历三个儿子，老三季历的儿子叫姬昌，太王有意传位给季历，希望将来姬昌继位成就周朝王业。太伯、仲雍深知太王意愿，为不使太王为难，太伯、仲雍借替太王采药之名，毅然迁徙出走南蛮，来到长江南岸的衡山（今称当涂横山）一带。这儿地处长江下游，过去有一个大泽——丹阳湖，湖面广阔，湖边栽种的都是红杨。衡山上植物茂盛，既能上山捕猎，又有野果可食；湖下还有鱼虾、菱角、茨实等副食，所以他们就定居了下来，并仿效太王迁址渭水、岐山的做法，以善良待人，按照当地风俗断发文身，与当地土著部落聚居在一起，并教当地人播种、筑室。当地许多人拥戴太伯为君长，号"句吴"。句吴部落以衡山为大本营，紧临衡山脚下石门溪流——神仙河下流筑起了城池。

古时水利设施有限，洪水泛滥成灾是常有的事，每当湖水大涨，城子山

就要遭殃。有一年大雨滂沱，衡山出"蛟"，山洪和泥石流沿石门峡谷奔泻而下，冲垮城池。过后，吴王从头择地造城。为避开衡山山洪水口，吴王将新城址选在衡山另一支脉"十里长山"与衡山接壤的开阔地。仍取左虎右龙之地势，以衡山为卧虎，以十里长山——围屏山为长龙。该城坐落于丹杨湖北端，因水之北为阳所以被叫作丹阳。

吴国建立之初，力量相对薄弱，楚国经常来扰犯。处于吴国前沿阵地的丹阳城始终是吴王的一块心病。于是，奠定吴国强盛基础的吴王寿梦预备将国都东迁，随即派人沿江而下择地筑城。公元前 561 年，寿梦去世，他的儿子诸樊继位。公元前 570 年，吴国和楚国之间曾发生过一场大战叫"衡山之战"，楚庄王之子楚共王派重臣子重攻吴，攻破鸠兹（芜湖），一直打到衡山（横山），此外楚军又从长江北岸攻击吴国的外围防线，面对楚国的南北夹击，诸樊不得不考虑迁都。吴都故乡也因寿梦字是"孰姑"，后来而被唤作"姑孰"。吴国消亡后，将发源于衡山经当涂城流入长江的河流取名为姑孰溪，以示怀念吴王的功绩。

由此可以推断，吴歌的源头或许在当涂。

二、当涂民歌与吴歌有不可分割的内在联系

吴歌是对江南农民（渔民）和下层人民劳动生活的记录和反映，也是十分宝贵的非物质文化遗产。当涂民歌反映了人们的生产生活、情感抒发、民风民俗等内容。2006 年 5 月 20 日，当涂民歌入选国家首批非物质文化遗产名录，在此之后，其日益受到各界关注，进入第三次兴盛期。

据《寰宇记》载，当涂城东南 2.5 千米处原有"白纻亭"，相传因南朝初宋武帝刘裕曾与群臣于此唱《白纻歌》、观白纻歌舞而闻名。比这更早的

记载，则与白纻山更名有关。东晋大司马桓温驻姑孰时，城东 2.5 千米处有山名楚山，桓温常带幕僚登山游乐，观赏白纻歌舞，楚山因此改名为白纻山。白纻歌舞虽今已不传，但作为一个历史时期具有代表性的歌舞，玛雅历史上多有记载。兴宁三年（365），东晋大司马桓温移镇姑孰，重建姑孰城。桓温居姑孰多年，常与当朝名士宴饮雅集，留下了"孟嘉落帽"等诸多佳话。山中林木葱郁，景色宜人，素为揽胜狩猎之所。

白纻歌舞最早出现于吴国，是一种盛行于魏晋时期的古代歌舞。古代姑孰是当时著名的白纻歌舞中心。汉铜镜中已见有"舞白纻"一语。白纻歌舞"起于吴，孙皓时作"，原是与吴地农作物纻麻有关的民间乐舞。纻麻经用木杵"捣"过后颜色变白，纻麻布（夏布）过浆后制成衣裳，再经"捣衣"，不仅愈白，而且也愈软。穿这种白色纻麻衣裳唱歌跳舞，称之为白纻歌舞。姑熟（当涂）自古产纻麻，"女多事纺织"，故而白纻歌舞可得流传。白纻歌舞最初虽为田野之作，但很快便为乐官采用并进行加工完善，成为士大夫宴会上的"雅乐"。

《清明登白纻山》是宋代诗人吴芾所作诗词之一："偷得铃斋半日闲，喜逢佳节漫追攀。扶衰强策青藜杖，寻胜聊登白纻山。远岫千重云出没，清溪一带水回环。我来恨未穷游览，回首孤城落照间。"宋朝诗人吴潜《游白纻山》："信马来游白纻山，僧窗容我片时闲。人生自古少行乐，试为春风一解颜。"李白《书怀赠南陵常赞府》中有"置酒凌歊台，欢娱未曾歇""歌动白纻山，舞回天门月"的精彩佳句。

三、大量的文化遗址遗存为吴歌源于当涂提供了佐证

建立西周王朝后，周公制订的周礼，将鼎列为至高无上的礼器，祭祖陪葬，天子九鼎八簋，诸侯七鼎六簋，……不准违犯，传统的连裆鬲被排挤到不显眼的位置。但作为先周文化南下的另一支脉——泰伯、仲雍创建的吴国，近七百年却坚持祖制，用鬲不用鼎。自古江南鱼米乡，熬粥煮鱼，发明的是釜。泰伯来了自然也没改，算是入乡随俗，改鬲为釜。但良渚人也早就做了改进，釜加三足，变成了鼎。泰伯一族随俗可以用鼎，祭祖陪葬却坚尊祖制，非用鬲不可。所以凡吴人墓葬必有一鬲，葬鬲小而不实用，地位却非常崇高。鬲象形字，金文字形，象饮食器具形。类似于鬲的器物在当涂发掘的遗址中层出不穷。釜山、船墩山等多处西周时期墓葬中皆有夹砂陶尊、簋等较完整的器物出土。遗址中含有大量的印纹陶片、鬲足、鼎足等器物。这些遗址为研究长江流域的古文化提供了资料。

晋以前，"吴歌"一词，未见诸文字。在汉魏歌谣中也没有吴歌之目。春秋战国时代，有"吴歈"。"歈"又作"愉"，有人解释，俞，是独木舟，欠，是张口扬声，合起来即是"船夫唱的歌"。当涂丹阳湖自古有唱渔歌的习俗，石臼湖畔曾流唱着一首两句的渔歌：

> 又没底呵，又没盖，
>
> 抓起鱼来又锋快！

渔歌的特点是简洁明快，没有铺垫，没有详尽的描述，脱口而出。这首渔歌说的是一种捕鱼工具——麻罩的情景。渔歌里的"抓"是"捕捞"的意思，形容捕鱼的轻巧。"又"字，在当涂石臼湖一带应作"却"的意思来理解。短短两句歌词，劳动者的形象跃然纸上，活灵活现。

四、当涂深厚的文化底蕴为吴歌产生具备了条件

当涂境内滩涂较多，便于垦殖，具备安置移民的外部条件。西晋南渡，北宋南迁，大批中原士民迁入当涂，使江南人口的结构有了非常明显的变化。直至现今，当涂境内的湖阳等地仍然说吴语，和江苏高淳等地的方言几乎一致。可见当时的移民并未将自己的方言原封不动地保存下来，而是经过语言的融合，改造成了一种官话特点较多的特殊的吴语。迄今为止，当涂地带发现了大量的西周时期的周文化因素与当地土著文化结合而形成的吴文化遗存。

吴歌，又称为江南小调、俚曲、挂枝儿，顾颉刚先生在他写的《吴歌小史》中说道："所谓吴歌，便是流传于这一带小儿女口中的民间歌曲。"民间歌曲包括"歌"和"谣"两部分："歌"一般指"唱山歌"，也包括一些俗曲之类；"谣"就是通常说的"顺口溜"。吴歌在中国文学史上占有一定地位。自然天成的文学性与音乐性相交融，形成了吴歌以"情"为核心的艺术魅力。后人考证为渔娘曲的"吴蔡讴"，大约就是吴歌的原生状态。因此，吴歌具有浓郁的抒情性，可谓典型的南曲水调。水网交错、湖塘星布的吴地风情赋予了吴歌清新的水的气息、鲜活的水的灵性和开放的水的品格。它的历史与《诗经》《楚辞》一样古老。吴歌不仅是民俗学、社会学、历史学、语言学的珍贵文献，而且散发着别具一格的美学魅力。

吴歌唱句多用衬字，又多以叠句形式连缀成段，伸缩自如，富有弹性和韧性。而这些特征在现存的当涂民歌中比比皆是，如安徽当涂民歌《哪个要你宝和珍》，主要以称谓衬词穿插其间，既补充了歌词内容，又增添了风趣、诙谐的情调。吴歌的体式日益趋于活泼自由，不讲究句式匀齐，也不讲究平

仄押韵，而是依照吴语发音吐字的节奏自然抒唱。吴方言天成的音乐性，赋予了吴歌和谐的韵律与声调波动之美。

《吴都赋》中有描写楚舞的词句："荆艳楚舞，吴愉越吟，翕习容裔，靡靡愔愔。"寥寥数语，说出了早期吴歌的特有情调。千百年来，吴歌经历了一个不断发展的过程，由三字句到四字句、五字句、七字句，但那"靡靡愔愔"的抒情方式，委婉清丽、含蓄缠绵的风格一直没有更变。

第三节　吴歌的地域范围

"四面楚歌"其实就是"四面吴歌"，这是因为当时楚国疆域发生了很大变化，"楚歌"与"吴歌"也得以有了充分的交融。本节主要从吴歌和楚歌的起源、楚歌和吴歌的地域关系、吴歌的表现手法、吴歌的传承四个方面来论述。

一、吴歌和楚歌的起源

（一）楚歌的主要内容

楚歌，中国古代楚地的土风歌谣，带有鲜明的楚文化色彩。从楚歌文字内容方面我们可以看出，其特点是多用"兮"字，在句式上则是模仿楚辞，句式主要是七言、四言。它上承楚辞，下启汉赋，在中国古代文学史上有着非常重要的作用。

（二）吴歌和楚歌的起源

公元前 202 年，项羽推翻了秦始皇的暴政，被其敌手刘邦的军队围困在乌江边的沼泽地里，项羽骑在马上举目四望，发觉他短暂骄横的一生已经走到了尽头。前一天夜里，这位驰骋疆场的"战神"已经历了自己爱人虞姬的"帐中独舞""霸王别姬"，当晚，虞姬穿上了最华美的服装，对他的男人说："主公，虽然您失败了，但是我很快乐。到死，我亦是个快乐的女人。"说完后，虞姬拔出衣袖中的利剑，自杀身亡，倒在了年轻将军的怀抱里。与此同时，有了中国文学史上一个寓意残酷的成语——四面楚歌。少年项羽从小生长在繁华地苏州，他们部队里的大部分士兵，出自今天人们所说的"吴方言区"，都讲吴语。而在战争之初，曾经人文荟萃的吴国，早已被长江中游的另一个更强大的国家——楚国吞并了，成了西楚边缘地带。中国成语中所谓的"四面楚歌"中的"楚歌"实际是指吴歌，确切地说，是西楚民歌。而统领千万大军、最后在乌江边落败的英雄项羽，在中国历史上的正式名号，是"西楚霸王"。

在秦末汉初时期，楚歌盛行，同时楚歌在汉代也十分流行。自战国以来，南起江淮、北到鲁南、东到大海的地区都属于楚国的领域。在秦朝末期农民大起义的浪潮中，楚歌以楚为旗号的起义大军在全国扩大着它的影响范围。刘邦和项羽的军事主力自于楚地的占大多数，他们吟唱的多为"楚歌"。

二、吴歌的表现手法

吴歌是与以往编著的诗词歌赋不同的，吴歌是人民群众在生活中创造出来的，是一种口头的文学创作，主要还是在民间广泛传唱，通过口传心授的方法传承下来。它有着独具特色的表演形式和风格。吴歌是以民间口头演唱方式来进行表演，其艺术表现最直接的方式则是口语化的演唱。

三、吴歌的传承

吴歌主要是在澄阳湖区域进行着非常广泛的流传，人人都会唱它。这个地区的渔民通常会在日常打渔作业的时候歌唱，而且已经成为了一种习俗，所以"吴歌"还有另外一种叫法，那便是"渔歌"。"渔歌"主要表达了渔民的日常生活、民间习俗文化，其在渔民间广泛传唱，有着生机勃勃的活力，主要依靠口口相传、代代相袭来进行传承，给人以朝气蓬勃的感觉。但是由于没有太多的人懂得欣赏和保护渔歌，所以只有越来越少的人会唱渔歌了。

第四节　吴语对吴歌的影响

在中国文学史上，吴语对歌曲、戏文、话本小说、弹词说唱、俗谚笑话等方面产生了相当大的影响，主要来说，以吴语为载体，形成了吴歌、吴语小说和地方戏曲等吴语文学。

《汉乐府民歌》"十五从军征，八十始得归。道逢乡里人，家中有阿谁？"中的"阿谁"；《迢迢牵牛星》"河汉清且浅，相去复几许"中的"几许"；等等，在今天的吴语中还在使用。《古诗为焦仲卿妻作》中的"阿母、阿女、阿兄、阿妹"，在称谓前加上词头"阿"字也是吴语至今尚在使用的习惯。

魏晋南北朝时期，建业成为吴地的中心，"盖自永嘉渡江之后，下及梁、陈，咸都建业，吴声歌曲起于此也"。此所指的吴声歌曲，后来被人统称为"吴歌"。在此之前，吴歌很少见诸文字，吴声歌曲弥补了先前的空白，有很高的价值。《乐府诗集》里的吴歌，现存共 326 首。

《晋书·乐志》："自永嘉渡江之后，下及梁陈，咸都建业，吴声歌曲起于此也。"吴声歌曲最初用吴语演唱，都是清唱形式，被称为徒歌，比较纯朴，在《子夜歌》等吴声歌曲中保留了这种特点。而且，今存各种子夜歌中大多表现了称人为"侬"（"赫赫盛阳月，无侬不握扇。""春桃初发红，惜色恐侬摘。"）和称己为"侬"（"天不夺人愿，故使侬见郎。""擎枕北窗卧，郎来说侬嬉。"）的吴侬特色。后来发展到用管弦乐来伴奏，这样，吴歌就从民间登上了大雅之堂。此后，许多文人加入仿作吴歌的行列，吴歌的文学意味日渐浓郁。

唐代的李白、白居易、刘禹锡，宋代的杨万里、范成大等翘楚，他们从吴歌中汲取养料，又仿照其体裁，写下了优美的民歌。例如，李白有《子夜吴歌》："长安一片月，万户捣衣声。秋风吹不尽，总是玉关情。何日平胡虏，良人罢远征。"缠绵之柔情，悲悯之愁肠，流传千古，脍炙人口。

在唐朝其他诗人的作品中所用的某些词语，在今天的吴语中还能见到身影。比如，东方虬《青雪》中的"不知园里树，若个是真梅"和唐朝王建《簇蚕辞》中的"已闻乡里催织作，去与谁人身卜著"称"哪个"为"若个""谁人"。韩愈《拢吏》中的"比闻此州囚，亦有生还侬"称人为"侬"。白居易《游悟真寺》中的"赤日兼白雨，阴晴同一川"称晴天阳光明媚忽然下起大雨为"白雨"。杜甫《哀王孙》"屋底达官走避胡"，不说屋里而说屋底，即同南吴语。

唐朝王梵志的白话诗歌更加典型，其诗用语大多是当时唐代中原百姓的口语，且有些词语至今还保留在现在的吴语里，例如，"城外土馒头，馅草在城里。一人吃一个，莫嫌没滋味"中的"馒头""滋味"（《城外土馒头》），"吾若脱衣裳，与吾叠袍袄"中的"衣裳"（《吾富有钱时》），"鹿脯三四条，石盐五六课。看客只甯馨，从你痛笑我"中的"甯馨"（《草屋足风尘》），"浑家少粮食，寻常空饿肚……世间何平物？不过死一色"中的"饿肚""一色"（《夫妇生五男》），"积代不得富，号曰穷汉村"中的"得富"（《富儿少男女》），"若不急抽脚，眼看天塞破……省得分田宅，无人横煎蹙"中的"抽脚""省得"（《自生还自死》）。

宋代吴格体诗歌影响更大。苏轼在杭州作《席上代人赠别》诗："莲子擘开须见忆（薏），揪枰著尽更无期（棋）。破衫却有重逢（缝）处，一饭何曾忘却时（匙）。"这首吴格体诗歌借字寓意，双关影射。杨万里《姑苏馆夜雪》中的"谁信雪花能样巧，等他人睡不教知"，贺铸《浣溪沙·负心期》中的"不拼尊前泥样醉，个能痴"，刘克庄《满江红》中的"俄变见、金蛇能紫，玉蟾能白"，这些诗句中的"能"均表示"这样"，真是在吴作吴腔了。又如，陆游《贫居》："囊空如客路，屋窄似僧寮。"今温州犹称寺院为寮："寺院寮""和尚寮""河头寮""城下寮"。杨万里《插秧歌》"唤渠朝餐歇半霎"中休息称"歇"。

元明散曲常挟方言俗语，曾任江浙行省官的马致远，其名篇《借马》以"污"指粪，同今南吴语。

到了明代，身为苏州人的冯梦龙，编辑了《挂枝儿》和《山歌》等民歌专集，以吴语吴声写吴中之情，为吴歌的搜集和整理作出了很大的贡献。他在《山歌》中就搜集了300多首民歌，其中，描写劳动人民生活和讴歌爱情的自然清新的优美诗篇较多。"栀子花开六瓣头，情哥约我黄昏头。日长遥遥难得过，双手扳窗看日头。"这首山歌以"头"为名词后缀，鲜明活泼，在城乡广泛传唱，一直流传到今。"天上星多月弗明，池里鱼多水弗清。朝里官多乱子法，阿姐郎多乱子心。"其中否定词"弗"为吴语特色，"子"则为动词后缀，相当于时态助词"了"。吴歌中的谐音双关常借助吴语中的同音字，如"日里思量夜里情，扯住情哥诉弗清。失落金环常忆耳（谐'尔'），我是满头珠翠别无银（谐'人'）"，以"银"谐"人"，就是因为吴语中"银""人"同音。

二十世纪初，在北京大学发起的歌谣运动中，顾颉刚等青年学者将眼光投向民间，大量搜集吴歌。民初时期，吴歌日趋繁衍发展，曲调也更加丰富多彩。由于吴歌优美动听，有些曲调逐步为戏曲、曲艺所吸收，有的吴歌被改编到苏州评弹和苏州滩簧等地方戏曲之中，部分吴歌对昆曲、评弹等吴地诸多戏曲艺术的孕育和发展也产生过深刻影响。它们不但从吴歌中汲取了题材，还借用了鲜活语言和动听的曲调。一些吴歌被改编成流行歌曲，比如电影《马路天使》中的插曲《天涯歌女》《四季歌》，此后，《姑苏风光》《太湖美》等脱胎于吴歌的歌曲也因为曲调柔美动听，更兼之用软糯甜媚的苏州方言演唱而广为流传。

二十世纪八十年代，十多部长篇叙事吴歌被发掘出来，以《五姑娘》最为著名，其情节曲折起伏，尤其注重刻画细节，而唱词由于来自民间艺人的创作，朴素直白而又不失生动细腻，更加贴近百姓生活。《五姑娘》经整理后在江南一带由民间歌手用吴语曼声歌唱巡回演出，艺术感染力较强。

自二十一世纪以来，几百万字的吴歌口述和研究资料在政府的积极支持下陆续编辑出版，主要有《白茆山歌集》《芦墟山歌集》《吴歌遗产集粹》

《吴歌论坛》等。

如今，吴歌非但在国内引起了一些有识之士的重视，而且也日渐被西方学者关注。在国际上较有影响的被作为吴歌的三个里程碑的是：安·比雷尔的把南朝的吴声歌曲《汉代民歌》和《玉台新咏》翻译成了英语；科奈莉亚·托普曼把明代冯梦龙编辑的民歌专集《山歌》翻译成了德语；荷兰学者施聂姐在其出版的《中国民歌和民歌手——江苏南部的山歌》一书中研究和翻译了部分现代吴歌。这说明吴歌这一中华传统民间文化已经成为世界文化宝库中的一部分。

第五节　吴歌的当代文化价值

吴歌在吴地漫长的发展史上承载了丰富的文化成果，留下了大量优秀的作品，产生了深远的历史影响。在当代，吴歌依旧散发着不朽的魅力，它涵盖的历史、民俗、宗教、语言文化知识在当下地方文化研究、地方文明传承与保护、文学与音乐创作以及提升城市文化软实力上都具有非凡的文化价值，并且其独特的人文关怀与当代的时代精神自然承接融合。

吴歌如此重要，对以吴歌为代表的山歌的搜集整理和研究工作自然受到了很大重视，自五四运动起，从未停止过。早在 1913 年，鲁迅提出搜集、整理各地歌谣的意见和办法。他在《拟播布美术意见书》（《教育部编纂处月刊》，一九一三年二月）中说："当立国民文术研究会、以理各地歌谣、俚语、传说、童话等；详其意谊，辨其特性，又发挥而光大之，并以辅翼教育。"可见，以吴歌为代表的山歌的文化价值不容小觑，它不仅生动记录吴地农民和下层人民的生活，是十分宝贵的历史资料、民间文化遗产，而且在传承地方文明、辅翼教育、增强新一代吴地子民文化认同感上具有不可取代的价值。

2008 年，伴随着我国第三个"文化遗产日"的到来，吴歌终于带着它特有的魅力站在了全国人民的面前——它被列入了国家非物质文化遗产名录，流传乡间闾里的吴歌终于得到"正统"的肯定。至此，我们有理由相信吴歌将走进更多人的生活，在更广阔的领域实现它的价值。远的不说，首先，有关吴歌的资料文献书籍将会迎来更多的消费者，这必将带动文化出版业的繁荣；其次，吴地以旅游观光为代表的新兴服务业也将获益不小，这些还只是浅层次的。从长远来看，吴歌的文化力必将转化为生产力，促进吴地地区经济发展和社会繁荣。

一、吴歌是活的历史化石（认知历史的实证价值）

歌谣的起源可以一直追溯到人类文化的原始时代。在那些繁重、笨拙的原始劳动过程中，人们为了协调动作、减轻疲劳，就曾呼唱过一些配合劳动节奏的歌调，它们便是人类歌谣史上的滥觞之作。歌谣并不是一个国家或一个地区出现的个别文化现象，而是一种具有世界意义的文艺样式。由于地理环境、生产方式、社会条件、文化传统、审美情趣、风俗习惯等方面的诸多差异，世界各地和各民族的歌谣在体裁样式、思想内容等方面又有很大的不同，即使是一个国家或一个地区内部的歌谣形式，也经常会体现出不同的风格特点。因此，由各民族、各地区创作出来的歌谣形式，在其体裁样式、思想内容、音乐曲调、语言文学等方面往往都会带上鲜明的地方色彩。吴地歌谣也不例外，它是伴随吴地人民的生活史、社会史一起成长、发展起来的，生动鲜明地记录了吴地人民的生活面貌，是一份十分珍贵的历史资料和民间文化遗产，是活的历史化石。

　　吴地大致是指长江三角洲的吴语地区。据无锡等地的方志记载，太伯、仲雍来到无锡梅里以后，就"以歌代教"，向当地的老百姓传授过许多歌谣，当地民间至今也还有"梅里花，梅里果，太伯教民唱山歌"的传说。太伯传说之歌虽然有一定的附会成分，却比较真实地反映了在太伯奔吴以后，中原文化对吴地的土著文化所产生的重要影响，以及中原歌谣在吴地民间广泛传播的历史事实。到了春秋时期，当时的吴国统治者经常征战沙场，给当地人民带来苦难。因此，吴地歌谣也较多反映了这一方面的现实。《吴越春秋》中所记载的"渔父歌"，表现的就是这方面的情况。

　　汉以前，吴歌在典籍中只有名称的记载，其在历史上真正作为一种歌体出现，是从南朝乐府的"吴声歌曲"开始的，其中大部分作品收录在宋代郭茂倩的《乐府诗集》中。汉唐以后，吴歌虽鲜有记载，但是作为一种民间文学，它在坊间闾里口口相传、代代相承，且随着历史朝代演进、生活场景习俗变化而不断创造新的作品。到明朝后，吴歌重建光辉，冯梦龙所辑录的《童痴一弄·挂枝儿》和《童痴二弄·山歌》为当时经典之作。清朝是吴歌发展的一个重要时期，长篇叙事吴歌繁荣，流传广泛。这些吴歌是吴地下层民众创造的口头文学，具有鲜活的生活气息、浓厚的地方特色，在中国民歌史上具有突出的重要地位，在吴地研究史上也具有不可取代的价值。吴歌有认知历史的时政价值，笔者将以劳动歌为例来证明这个观点。劳动歌分类很细，比如农事山歌中，单水田耕作就有莳秧歌、耘稻歌、收割歌、舂米歌等。这些山歌从不同层面记述劳动者劳动的场景、传授耕种经验的场景，以及其中包含的艰辛与喜悦。比如《田歌》中的"莳秧要唱莳秧歌，两腿弯弯泥里拖。

北朝太阳面朝水，手捏仙草莳六棵"就描绘了吴地农民插秧的场景；而《割稻》中的"割稻要唱割稻歌，镰刀弯弯割六颗，六颗齐大心里乐，就怕财主来收租"则形象生动地反映了劳动者收获劳动成果的喜悦。

历史上流传着大量的吴歌，流失的暂且不讲，光现有编撰收集的就有几万首，《吴歌甲集》《吴歌乙集》《吴歌丙集》等著作均是收录吴歌的优秀著作，它们组成了吴地流动的历史画卷，生动地再现吴地发展史。所以，吴歌是吴地文化的一个生动缩影，是活的历史化石，对现当代吴地历史文化研究有很大作用。

二、对当代音乐创作产生的影响

（一）吴歌具有独特的文学价值，艺术感染力穿透历史

吴歌作为民间歌曲，包括"歌"和"谣"两部分，《韩诗章句》云："有章曲曰歌，无章曲曰谣。"吴歌特色鲜明、清丽委婉、缠绵含蓄、曲折隐喻，既有音乐性较强、曲式结构与歌词章法稳定的歌；又有唱法自由、接近朗诵与顺口溜的谣，并且艺术手法独特，极具艺术魅力，在历史上产生了重大影响。

从创作手法上讲，吴歌大量运用比喻、比兴、烘托、夸张、双关、衬字、顶针等表现手法，在歌曲中起到重要的渲染和烘托作用，形成独具特色的地方山歌民谣。其中值得一提的是，吴歌在发展过程中还形成了自己独特的表现形式"吴格"，《沧浪诗话》将其解释为："上句述一语，下句释其义。"前者即双关，后者具有起兴色彩，双关既采谐音，也取谐意，其中最盛行的是"莲藕芙蓉"和"蚕丝布匹"，充分体现出江南养蚕缫丝、种藕采莲的水乡风情。诸如"寝食不相忘，同坐复俱起。玉藕金芙蓉，无称我莲子""前丝

断缠绵，意欲结交情。春蚕易感化，丝子已复生"，都是含蓄缠绵的清辞俊语。这种独特的修辞与句法，曾引起很多后世诗人的仿拟，如李商隐的"春蚕到死丝（思）方尽，蜡炬成灰泪始干"、刘禹锡的"东边日出西边雨，道是无晴却有晴（情）"都已成为千古流传的佳句。时至今日，像吴歌这样的独特艺术表现形式，对当代文学创作，特别是诗歌创作依旧具有很大的指导作用。

吴歌在文学上也有很大的审美与借鉴意义，不仅引来后世很多人的争相模仿，同时也得到很多名人大家的称赞与认可。例如，伟大的浪漫主义诗人李白特别推崇吴歌，他在《白纻辞·其一》中写道："垂罗舞縠扬哀音，郢中白雪且莫吟，子夜吴歌动君心。动君心，翼君赏，愿作天池双鸳鸯，一朝飞去青云上。"表达了对吴歌的喜爱与赞美。明人陈宏绪在《寒夜录》中引用他的友人卓珂月的话说："我明诗让唐、词让宋、曲又让元，庶几吴歌、挂枝儿、罗江怨、打枣竿、银绞丝之类，为我明一绝耳。"这说明吴歌至少在明代文学特别是明代诗歌发展中风靡流传，并广泛得到认可，其文学价值不言而喻。现代作家创作也可采纳借鉴吴歌的艺术手法，尤其是诗歌、散文的创作。吴歌的引用必将为文学领域带来一股清新之风，方言文学独有的味道一定会成为文坛一道靓丽的风景线。

在当代，吴歌魅力依旧不减，国内吴歌的搜集、整理和研究工作已经持续多年，并且成果丰硕。值得一提的是，联合国教科文组织"中国传统民歌保存情况考察团"于1994年到苏州、常熟考察吴歌的保存情况。吴歌逐渐引起西方学者的重视，安·比雷尔的把南朝的吴声歌曲《汉代民歌》和《玉台新咏》翻译成英语，科奈莉娅·托普曼翻译出版的《山歌》把明代的吴歌译成了德语。总之，吴歌的文学审美价值逐步得到世界上越来越多人民的认可，吴歌慢慢走向世界。

而吴歌走向世界，将会增加世界其他民族对中华文化的了解与认可，吴歌将成为世界文化宝库的重要组成部分。因此，在吴歌资料被大量搜集整理编纂成书的当代，在吴歌被申请为国家非物质文化遗产的今天，在吴歌走向越来越多国家的现在，吴歌的文学价值将会进一步体现。

（二）吴歌在当代音乐创作上产生积极影响

自《乐府》以后，从冯梦龙到顾颉刚，吴歌得到了历代文人学者的重视和研究，但是，对于吴歌的记载和研究基本上都是着眼于它的文学内容与文学价值，在吴歌音乐的记载与研究上就薄弱得多，事实上吴歌的音乐价值是非常广泛的。

吴歌首先作为"歌"存在。从民间对吴歌的说法来看，苏州农村把吴歌叫作"唱山歌""喊山歌"，这也可以肯定的是：吴歌是用来唱的，是有旋律的音乐。《大子夜歌》中："歌谣数百种，子夜最可怜。慷慨吐清音，明转出天然。丝竹发歌响，假器扬清音，不知歌谣妙，声势出口心。"生动地说明吴歌是一种出自内心、脱口而出、自然形成的歌曲。据古籍记载，在演唱吴歌的时候，除了领唱之外，还有众人唱和的"和声"和唱到最后大家在尾部送声相随的"送声"。吴歌作为音乐艺术，有它自己的演唱形式。清乾隆《吴江县志》（卷三十九《声歌》篇）中载："其（芦墟山歌）辞词音节尤为独擅，其唱法则高揭，其音以悠缓收之，清而不靡。"记的也是吴歌的音乐特色。

吴歌为什么能够广泛流传到各地?靠的就是它的音乐翅膀，并且这双音乐翅膀跨越千年历史沧桑，魅力不减，为当代乐坛带来一股清亮之声。拿吴歌中的小调来说，它是起始于唐而盛行于宋的"曲子词"，乃是所谓"倚声之作"，就是按曲填词。它常有一系列"变体近似曲"，将稍有变化的一个曲调任意填词而成许多小调。一个小调的变种随着流传而不断增多。二十世纪三十年代的《四季歌》《天涯歌女》等著名电影歌曲就是用吴歌小调填词的，解放后许多农村歌手和音乐家也利用吴歌的曲调创编了许多新山歌。太仓双凤民歌传承人徐松明说，他就曾利用古老的吴歌曲调自编了很多关于歌颂祖国、歌颂改革开放、宣传计划生育、宣传"五讲四美"、争当生产标兵这类题材的山歌。

我们知道，由绿汀改编的《四季歌》基本上采用了原来的曲调，只是歌词完全变成田汉的作品，词曲的结合可谓天衣无缝。还有何方改编的《茉莉花》，这首源于吴歌小调《鲜花调》的民歌已经传布中国大江南北，成为脍炙人口的名篇，并且融入歌剧《图兰朵》，传到了全世界。易人《论孟姜女春调》中提到："全国各地都能听到江苏省大同小异的《孟姜女》小调，它们好像一棵树上的树叶，偶看都一样，然而每片叶子都有其各自独特的形态。但是万变不离其宗，各地《孟姜女》小调繁衍的字体，与母体相比较虽有一些变化，但它们的曲式结构、调式和四个乐句的罗音都是相同的，所表现的情绪也是一致的。"吴歌以其清丽婉转的妙音在历史上成为众多艺术之源，昆曲、苏剧、弹词、沪剧、锡剧、道教韵腔以至器乐江南丝竹等，都汲取了吴歌的营养。当代音乐创作应该进一步从传统优秀文化里汲取营养，从悠扬流畅的吴歌里吸收创作元素，找到创作灵感。

三、传承地方文明，构建合乎人们伦理道德观念的文化家园

方言文学承载着地方文化，传承地方文明。吴歌承载积淀着吴地三千多年的历史文化，是活的历史化石，它的存在使吴地人民更有文化认同感与凝聚力。它是吴地独一无二的文化遗产，是吴语区的文化标志，有利于传承吴地文明，凸显吴地文化特色。

同时，吴歌具有明显的教育意义，吴歌的文化内涵与现代精神接洽。吴歌中有许许多多人类优秀而珍贵的品质，诸如对生命和生活的珍惜与热爱，在苦难中向往美好，在黑暗中追求光明的勇气和信仰，在人性天地里用真善美向假恶丑作抗争，爱自然、爱人类的博爱精神，凭借这些品质可以成就优秀的人格，让生活更有意义。在朱海容收集的长篇叙事吴歌《小青青》中，美女蛇小青青便是一个明辨是非、疾恶如仇、舍己为人、极重义气的江湖农村妇女形象。这篇吴歌以小青青的反抗为轴心，揭露恶人当道、好人蒙冤的旧社会的状况，表达了惩恶扬善、济世救贫的思想，歌颂了敬老爱幼、邻里相助的民间传统美德。这种经久流传的民间文学作品，经得起时代的推敲与打磨，在现当代有重要的社会意义。

在叙述华家三代领导人进行反抗暴政起义斗争的长篇英雄史诗《华抱山》中，主人公华小龙有着许多让我们学习的地方，他铭记父亲"公道人"的遗嘱，树立了九死未悔、永不言弃的信念与追求——建公道军抗击官府，造福百姓。未完成使命而勤学苦练，日学武，夜习文，历尽千辛万苦，终于学有所成。他所表现出来的为学本领坚持不懈的精神、为百姓利益不屈不挠的斗争精神，都会激励当代人民积极进取、坚毅顽强。

吴歌历经三千年历史沧桑，蕴含吴地民众的民俗文化、宗教信仰、思维模式、思想观念、人生态度等方面，积淀着吴地无数古代劳动人民的智慧与汗水，传承着一方独有的文明。在吴歌被列为国家非物质文化遗产的现在，在吴歌走向世界的当代，吴歌越发显出其不可忽视的文化价值。吴歌的重要价值将被越来越多的学者挖掘采撷、利用创造，吴歌必将在新的时代焕发勃勃生机，唱响中华乃至飞向世界。

第二章 吴歌的创新研究

第一节 近代吴歌的创新发展

在我国的民歌宝库中，吴歌以其独有的水乡韵味、悠扬婉转的旋律曲调散发出特有的光彩。本节以近代吴语地区流传的民歌为研究对象，通过对这一时期吴歌的相关资料的梳理，探析这一时期吴歌的新发展，以期更全面、系统、科学地了解吴歌的发展状况，为当代吴歌的研究提供一定的参考。

民歌产生于文字之前，它是人类最早的思想感情的表达形式，也是最早的艺术形式。它的远古历史已很难查考，但从民歌的发展规律和零散的资料来看，最初的民歌音乐形态也就是人类最初的语言形态，而且是和人们的社会生活、生产劳动、风俗民情紧密地结合在一起的。民歌的发展离不开孕育它的一方水土，吴歌发展的区域是以无锡、苏州等地为中心，包括了太湖流域的江、浙、沪一带。这一地区孕育的吴歌，有着鲜明的水乡特征，其曼丽甜润、温柔婉约的特点区别于北方民歌的热情奔放、豪爽粗犷。

一、吴歌内容的丰富化

吴歌在以往的很长一段时间内被封建统治者视为淫词艳曲而受到歧视和打压，而这一时期，封建社会逐步解体，加之群众反帝反封建斗争的推动，伴随着城市商品经济的发展和交通运输的发达，吴歌得到了新的发展。

这一时期，吴语地区出现了一大批新民歌，这些民歌与广大人民群众的生活息息相关，有的反映了在官僚主义的压迫下工人的苦难生活，如江苏苏州民歌《十怨厂山歌》、无锡民歌《十怨命》等；有的描写了底层人民被剥削和压迫的苦难生活，如宜兴民歌《春调孟姜女》、宜兴民歌《长工歌》等；有的则表现了群众反帝反封建的斗争精神和爱国热情，如宜兴民歌《参军保家园》等，以及希望摆脱封建束缚、追求自由爱情的精神，如宜兴民歌《和尚采花》、无锡民歌《尼姑思凡》等。

这些吴歌虽然在内容上变得更为丰富，但出现了同调不同词的现象，曲调变化并不明显，如《孟姜女》《无锡景》《茉莉花》等曲调被反复填上不同的歌词。这些我们耳熟能详的吴歌曲调在更为广泛的地域流传开来，在这个过程中，歌曲中歌词的变化，加上各个地区的方言、音韵方面的差异，使得这些曲调又演变出了多种风格。同时，在流传的过程中，这些吴语民间歌曲也对弹词、滩簧的发展产生着深刻的影响。

二、吴歌研究的科学化

在吴歌近代发展史中，"歌谣运动"是非常重要的一环，这场由北大学者发起的"歌谣运动"，可以说是近现代吴歌研究真正开始的标志性事件。"歌谣运动"从1918年发起，到二十世纪三十年代随着抗战爆发，相关活动逐渐减少，在战火中渐渐结束，持续了二十余年。在这场运动中，对吴歌贡献最大的应数江苏籍的刘复（半农）、顾颉刚两位学者。

1919年8月，刘复以《江阴船歌》之名将其在家乡收集的歌谣刊在《歌谣周刊》第24号上，这一卷《江阴船歌》是中国现代最早的吴语山歌集，分量虽少，但意义重大。除了搜集工作之外，刘复还仿效吴语山歌创作新诗，有许多精品之作同样深受人民喜爱。

顾颉刚很早就开始关注歌谣，他在《吴歌甲集自序》中写道："当民国六年时，北京大学开始征集歌谣，由刘半农先生主持其事。歌谣是一向为文人学士所不屑道的东西，忽然在学问界中辟出这一个新天地来，大家都有些诧异……"民国七年期间，顾颉刚开始搜集吴歌，1920 年，他将这些通过各种途径搜集来的 200 首吴歌在《晨报》上连续刊载了三个月（10 月—12 月），引起了极大的反响。此后，歌谣研究会建议其将搜集来的吴歌整理出版，后编为《吴歌甲集》，1926 年一经出版就受到了学术界的高度评价。

这次"歌谣运动"带动的民间歌谣搜集热潮和其间涌现出的吴歌研究者，对吴歌的发展起到了巨大的推动作用。在这一运动中，对吴歌研究有着最突出贡献的顾颉刚不仅是近代吴歌的热心搜集者，更是吴歌研究的开创者，他发表的吴歌研究的奠基之作《吴歌小史》，至今仍是吴歌研究者的重要参考资料。

三、吴歌创作的专业化

"五四"运动前后，传统民歌受到西方音乐的冲击，面临着巨大的挑战，这时候赵元任先生提出要"融汇中西"，并在《新诗歌集》序言中提出了"西乐"与"国乐"的概念，这既要求充分借鉴西洋音乐的技术和表现形式，又要保留中华民族的传统音乐精髓，这样才能在传承民族音乐的同时创作出受人喜爱的音乐作品。为了达到这个目的，赵元任不仅从事了大量的音乐理论研究工作，而且深入民间采风，充分借鉴西洋音乐的和声、曲式、调式等表现技法，整理和改造了一大批中国民歌，如清代童谣《小儿呼阿爷》、苏南道情《老渔翁》、苏州民歌《孟姜女》、无锡民歌《九连环》等,《茉莉花》的前身《鲜花调》也是其中之一。

此外,在二十世纪初的群众歌咏活动中,许多吴语地区的革命音乐工作者也曾利用大量吴歌的曲调或形式来进行革命歌曲的专业创作,因为有本地区人民群众熟悉的曲调为基础,所以取得了更好的反响效果。

吴语地区的民歌对这时期的通俗音乐领域的影响要比对其他民间音乐的影响更为直接。作曲家汲取民间音乐素材进行二度创作,也是使吴歌得到新发展的重要手段。当时上海成为具有影响力的城市,通过上海流行音乐发展的带动,许多作曲家以经典的江苏民歌为素材进行歌曲的创作。

1927 年,黎锦晖时代曲的开山之作《毛毛雨》就是一首具有江南民间小调歌谣风的歌曲。陈歌辛的《蔷薇处处开》、严华的《月圆花好》、黎锦光的《南风吹》《采茶歌》等也都采用了苏南民歌中常用的五声宫调式与常用旋法,小波浪级进的音程进行,一字多音的词曲结合方式,使歌曲表现出浓郁的吴地风情。而贺绿汀 1937 年为电影《马路天使》创作的《天涯歌女》与《四季调》则是直接以苏州民歌《码头调》和《哭一七一七》为素材编创而成,已成为了脍炙人口、家喻户晓的早期流行歌曲的代表之作,传唱至今,也成为了中国当代流行音乐中当之无愧的百年经典。

四、吴歌保护与传承的现实意义

作为中国传统民族音乐文化的瑰丽遗产,吴歌真切地折射出当时的背景,凝聚了人民生活、生产的汗水与智慧,展现了中华传统文化的魅力与内涵。但吴歌也同其他非物质文化遗产一样,受到了现代经济全球化的强烈冲击,面临着没落乃至消亡的窘迫境地。因此,保护与传承吴歌这一非物质文化遗产的举措迫在眉睫，意义深长。

"它是伴随吴地人民的生活史、社会史一起成长、发展起来的，生动鲜明地记录了吴地人民的生活面貌，是一份十分珍贵的历史资料和民间文化遗产，是活的历史化石。"吴歌这一优秀民族音乐文化蕴含着大量的历史信息，透过不同时期的不同作品可以洞察特定历史背景下的生活状态、生产方式、风土人情、道德习俗与社会价值，吴歌是时代变迁与发展的重要见证者。吴歌源自民间，相较于完整记录的正史，其没有华丽辞藻的修饰，没有粉饰赞誉，真实地还原了当时历史的原貌。这是历史遗留下来的瑰宝，通过对吴歌的保护与传承，可以为后人从事史类研究提供实际参考的历史价值与文学意义。

就其自身，吴歌是一种可以唱出来、听得见的"综合艺术"，艺术表现手法多种多样，白描、双关、谐音、比兴等手法的巧妙运用集中体现了吴地人民的艺术才能。吴歌在发展过程中形成了多种多样的曲调，朴实无华而又生动细腻的艺术风格深深影响着昆曲、评弹、江南丝竹、吴地地方戏曲等其他艺术的形成与发展。至今，一些艺术创作者们仍想从吴歌中发掘更多的艺术价值，以此创作出具有古今融合特色、符合现代大众的新吴歌，实现其艺术价值。

2011 年，我国《义务教育音乐课程标准》颁布，要求音乐类学科必须具有人文性、审美性、实践性三大特质，并明确提出："要将我国各民族优秀的传统音乐作为音乐教学的重要内容。通过学习，学生熟悉并热爱祖国的音乐文化，增强民族意识、培养爱国主义情操。随着时代的发展和社会生活的变迁，反映近现代和当代社会生活的优秀中国音乐作品，也应纳入音乐课的教学内容。"让吴歌走进校园、走近学生，让学生在童谣儿歌中学习孝敬父母，与人为善；在劳作歌谣中传播普及劳作知识；在长篇叙事歌谣中知道珍视生命、向往美好；等等，充分实现其教育价值，并争取地方政府和当地企业家的扶持，一举两得，拉动地方经济，实现多方共赢。

有着浓郁地方风格的吴歌，在几千年的发展历史中，每一个历史时期都有其特有的时代特点。在近代这个特殊的历史时期，虽然社会动荡不安、战火不断，但吴歌并没有因此而衰落，许多有志之士投身于吴歌的搜集、整理和创作中，吴歌在这一时期吸收着各种养分，得到了新的发展。蕴含着那个时代新内容的近代吴歌在当代仍有着特殊的历史意义，而在那一时期，吴歌研究、搜集的工作方法至今值得我们学习。保护与传承吴歌，相信在我们一代代人的努力下，这一璀璨明珠会不断绽放出新的光芒！

第二节　吴歌的语言风格美

吴歌是首批被列入国家级非物质文化遗产名录的吴地文化遗产。本节探究了吴歌的四大语言风格美，即音律的和谐美、用典的意趣美、修辞的含蓄美、平实的质朴美，并对其两大成因——自然地理环境和人文环境因素进行了简要分析。

一、音律的和谐美

吴歌的音律曲折细致、柔美和谐，这与吴歌的载体——吴方言语音的特殊性有密切的关联。

吴方言，古称吴语，俗称江南话或江浙话。吴方言的语音，与现在的普通话相比，保留了更多的古音。吴方言有27个声母，43个韵母，7个声调。吴方言特有的语音系统，为吴歌自成一格的音律风格的形成奠定了基础。吴歌字调和旋律具有一致性，在音律上呈现曲折细致、轻快柔婉的风韵，得益于吴语独特的韵调及各元素的协调配合。

吴语的声调类型较多，平上去入四声和各声之阴阳调类丰富。每个声调的调值在音色表现上各具特色："平声平道莫低昂，上声高呼猛烈强，去声分明哀远道，入声短促急收藏。"（明释真空《玉钥匙歌诀》）平声高起高收，音长舒缓；上声低起高收；去声自高而低，音响悠远；入声一发即收，短促顿挫。吴语基本延续了这四声八调，较北方方言，它保留了入声韵以及浊音声母。由于声调类型丰富，各字声调有机组合，所以自然生出抑扬顿挫的旋律来。吴歌中的旋律大多是顺从字调而起，音调与字调大体吻合，咬字行腔，腔随字走，有"清水出芙蓉，天然去雕饰"的本色美。

吴语的韵母数量很多，尤其是单元音较为丰富。元音属于乐音，音乐性强，具有声音响亮、可延长的特点，可以在不借助伴奏乐器的情况下直接吟唱。吴歌丰富的元音不仅造就其极为圆润华丽的歌曲音色，而且更易表现出江南水乡细腻、柔媚的音响效果。

吴歌在音韵上颇讲究押韵，而且还讲究韵之平仄。在郑振铎《中国俗文学史》中，六朝民歌的"吴声歌曲"，列举了《子夜歌》42首、《子夜四时歌》75首、《读曲歌》89首、《懊侬歌》14首、《华山畿》25首、《碧玉歌》6首，这些吴歌的押韵已经开始讲究平仄。如《碧玉歌》："碧玉破瓜时，郎为情颠倒。芙蓉凌霜荣，秋容故尚好。碧玉破瓜时，相为情颠倒。感郎不羞郎，回身就郎抱。"（二、四句押仄声韵）《子夜四时歌》："秋爱两两雁，春感双双燕。兰鹰接野鸡，雉落谁当见。"（一、二、四句押仄声韵）《懊侬歌》："江中白布帆，乌布礼中帷。撙如陌上鼓，许是侬欢归。月落天欲曙，能得几时眠。凄凄下床去，侬病不能言。"（二、四句押平声韵）

到了明代，以"山歌"为代表的吴歌仍重视押韵，但对平仄等要求没有六朝讲究。冯梦龙在《山歌》中注曰："凡'生'字、'声'字、'争'字，俱从俗谈叶入江阳韵。此类甚多，不能备载。吴人歌吴，譬诸打瓦抛钱，一方之戏，正不必钦降文规，须行天下也。"如冯梦龙《山歌》卷一"私情四句"："笑东南风起打斜来，好朵鲜花叶上开，后生娘子家没要嘻嘻笑，多少私情笑里来。"由此可见，明吴歌虽然讲究押韵，但押韵并不固守当时的官韵。吴歌押韵，是以吴语区的吴方言读音为基础的。冯梦龙收录的作品，大多采自民间的"矢口成言"，保持原作原貌。原作是用吴方言所创作，押韵自然以吴地语音为准了。此外，对于有些纯民间创作的吴歌而言，复沓句式较多，其韵脚常常有重字韵，比如上述冯梦龙《山歌》卷一"私情四句"中的第一句韵脚"来"和第四句韵脚"来"就重字，这在民歌中比较常见。

吴歌的音律节奏简洁明快，多用四字句和五字句，这是分别受到《诗经》和汉五言诗的影响。有些诗句还讲究调配平仄，匀称节奏加上合辙押韵，读起来抑扬顿挫、朗朗上口，听起来则悦耳动听、富有音乐美。

二、用典的意趣美

吴歌虽然属于民间乐府，但其实有许多实为文人拟作，其中不少篇目以典入诗，别有意趣。诗文用典，或引用成句，或吸纳成词，或化用诗意，将原有的人物、史实、故事，或有来历、有出处的词语佳句，有机整合到吴歌之中，以表达作者的情感和愿望。这种用典修辞法凝练简洁，含蓄典雅，言近旨远，极富想象力和表现力，给读者留下联想和思索的空间，易于产生强烈的艺术感染力。

吴歌兴盛于魏晋时期，魏晋文人好用典，常以前人成句入诗，如曹操的《短歌行》就直接引用了《诗经》中的成句"青青子衿，悠悠我心""呦呦鹿鸣，食野之苹。我有嘉宾，鼓瑟吹笙"。吴歌中类似这样截取前人诗句直接入诗或袭词化用的现象，并不鲜见。

如《子夜冬歌》之十四："白雪停阴冈，丹华耀阳林。何必丝与竹，山水有清音。"比较左思的《招隐诗》其一，可以看出，《子夜冬歌》四句引用和化用了《招隐诗》的第五、六句和第九、十句："白云停阴冈，丹葩曜阳林""非必丝与竹，山水有清音"。

再如《子夜秋歌》之九："金风扇素节，玉露凝成霜。登高去来雁，惆怅客心伤。"首句直接取自张协《杂诗》其三的首句："金风扇素节，丹霞启阴期。"第二句"玉露凝成霜"是化用《诗经·蒹葭》中的"白露为霜"句。

又如《子夜夏歌》之六："含桃已中食，郎赠合欢扇。深感同心意，兰室期相见。"这四句袭用了"含桃""合欢扇""同心""兰室"，这几个词语都有语源典故，镶嵌句中，化用其意，匠心独运，精妙至极。其中，"含桃"，即为樱桃，此语出自《礼记·月令》："羞以含桃，先荐寝庙。""樱桃"又名"莺桃"，因这种小果实常被黄莺含食而得名。《淮南子·时则训》有记载，高诱注："含桃，莺所含食，故言含桃。""合欢扇"，语出汉代班婕妤的《怨歌行》："裁为合欢扇，团团似明月。"南朝梁刘孝威的《七夕穿针》诗"故穿双眼针，时缝合欢扇"，也用过"合欢扇"这一词语。"同心"出自《易·系辞上》："二人同心，其利断金；同心之言，其臭如兰。""兰室"出自《孔子家语》："子曰：'与善人居，如入芝兰之室，久而不闻其香，即与之化矣；与不善人居，如入鲍鱼之肆，久而不闻其臭，亦与之化矣。丹之所藏者赤，漆之所藏者黑，是以君子必慎其所处者焉。'"《大戴礼》："与君子游，芯乎如入兰芷之室，久而不闻，则与之化矣。""兰室"由"芝兰之室"或"兰芷之室"紧缩而成，后表示"芳香高雅的居室"。古诗中的"卢家兰室桂为梁"，西晋张华《情诗》中的"佳人处遐远，兰室无荣光"，陆机《君子有所思行》中的"邃宇列绮窗，兰室接罗幕"，均可一斑窥豹。

无论是袭用前人诗句，还是化用前人的诗意，用典之人都需一定的文学修养，从这个角度看，吴歌确是"均非民间所能为"。但是，对于文学而言，民间文学主要传唱于民间，为百姓喜闻乐见，只要是百姓能乐见的语言形式、表现内容，即便有文人再加工也无妨。

三、修辞的含蓄美

吴歌柔美风格的形成，除了与使用的吴语方言的自然特性有关，还与其手法之委婉曲折有关。吴歌中大量使用比兴、双关等形象生动、委婉曲折的修辞方式，以表现其绵柔、含蓄的抒情风格。

其一，比、兴手法的运用。"比、兴"是中国古典诗歌创作传统中最重要的两种表现手法，吴歌在创作手法上继承了《诗经》中"国风"广泛使用比兴手法的传统。所谓比者，"以彼物比此物也"；兴者，"先言他物，以引起所咏之词也"。

吴歌地处江南水乡，其比兴多采用与水乡有关的意象。如《子夜四时歌》："春林花多媚，春鸟意多哀。春风复多情，吹我罗裳开。"这里用"花"之

"媚"起兴，"鸟""风"为呼应，写少女怀春多情、思念情郎的心理。还是《子夜四时歌》："秋风如窗里，罗帐起飘扬。仰头看明月，寄情千里光。"这首诗用"秋风"起兴，"罗帐"为呼应，天涯共此时，"明月"千里寄相思，写出了"情人怨遥夜，竟夕起相思"的思念之情。

吴歌的内容以爱情题材为多，诗歌中的表情达意一般都不是直白式，而是婉曲式，在修辞手法上多采用比喻法或比喻双关结合法进行表达。如《山歌·画里看人》："画里看人假当真，攀桃接李强为亲。郎作了三月杨花随处滚，奴空想隔年核桃旧时仁。"这里用"三月杨花""隔年核桃"做比喻，把这多情女子在失恋后对薄情郎的幽怨愤恨之情淋漓尽致地表现了出来。《子夜歌》中的"玉林语石阙，悲思两心同。""黄檗郁成林，当奈苦心多"，前两句为隐喻，"玉林""石阙"相关语为"碑"，又"悲"谐音"碑"，双关。"玉林"和"石阙"对语，悲凉无奈，喻相思而不能相见，两心悲凉。后两句中的"黄檗"，皮黄而苦，暗喻"心苦"、女子的相思之苦。

其二，谐音双关的运用。如《子夜歌》："寝食不相忘，同坐复俱起。玉藕金芙蓉，无称我莲子。"以"莲"谐"怜"，表示怜爱、怜子的意思。《子夜歌》："今夕已欢别，会合在何时。明灯照空局，悠然未有棋。"以"棋"谐"期"。《子夜歌》："前丝断缠绵，意欲结交情。春蚕易感化，丝子已复生。"以"丝"谐"思"。例中谐音的本体"莲""棋""丝"都源自日常生活中的习见事物，分别用有关联意义的"怜""期""思"等表情动词相对应，既生动又贴切。谐音双关取其巧妙暗合语意的手法，委婉含蓄，机智而富雅趣。

六朝吴歌因多用谐音双关作诗，形成一道风景线，唐人把这种诗称为"风人诗"。关于"风人诗"的特点，后人多有描述。所谓风人诗，宋代笔记小说《类说》中载："梁简文《风人诗》,上句一语,用下句释之成文。"(《类说》卷引唐吴兢《乐府解题》)南宋词人葛立方道:"《乐府解题》以此格为'风人诗',取陈诗以观民风,示不显言之意。"(《韵语阳秋》卷四)南宋文学家洪迈则云:"自齐梁以来,诗人做乐府《子夜四时歌》之类,每以前句比兴引喻,而后句实言以证之。"(《容斋三笔》乐府诗引喻)谐音双关在六朝吴歌中俯拾即是,习以为常,其"不显言之意"的委婉表达与江南水乡的绵柔性格相吻合,使得吴歌无论是在音韵上还是文意上,都显得更柔润、细腻、含蓄,增添了歌曲的地方风味和特殊的方言韵味。

四、平实的质朴美

吴歌在语言上体现了直白质朴、流畅自然的风格。吴歌的"直白"表现在表达上的"直"和语言上的"白"两个方面。

表达上的"直",指的是表情达意所用的词语手法,不加修饰,朴实无华,类似于白描、工笔手法,直截了当,体现一种明快清新的美。比如《吴歌》:"月儿弯弯照九州,几家欢乐几家愁。几家夫妇同罗帐,几家飘零在他州。"在兵荒马乱的年代,战争使多少人背井离乡、妻离子散,游子思妇终年相思愁苦,难以排遣。诗歌表现了百姓的无奈,也隐含了人们对和平生活的向往。吴歌大多以爱情和婚姻为题材,以情为主题,在平实质朴风格的吴歌中,爱情婚姻的表达更为直接大胆。明代冯梦龙所编辑的《山歌》,收录了原汁原味的吴地民歌,其中叙事主体多为女性,其私情表达甚为直接。如《山歌》:"清风三月暖洋洋,杨花落地笋芽长。记得去年同郎别,青草河边泪夕阳。郎捉篙儿姐放船,两人结就好姻缘。生来识得风波恶,不怕江湖行路难。"青年男女自由恋爱,相互倾慕,情感表达如此大胆、直率,语言泼辣、热烈，表达了对爱情的坚贞不渝。《山歌》："西风起了姐心悲，寒夜无郎吃介子亏。罗里东村头，罗里西村头，南北两横头。二十后生闲来答，借我伴子寒冬还子渠。"这位女主人更为直接，大胆而泼辣，竟然要借"二十后生"来陪伴她度寒冬。情感表达毫无掩饰，张扬而热烈。

语言上的"白"，即选用平常话语中确切的"字眼"直接陈述，这个"字眼"是未加粉饰的日常语言，不加修饰，显得真切，显现出质朴无华、平易近人的特点。如《山歌》："约郎约到月上时，那了月上子山头弗见渠。咦弗知奴处山低月上得早，咦弗知郎处山高月上得迟？"冯梦龙在编录吴歌时，完全按照吴音、吴语的原貌进行忠实记录。凡加注了着重号的词语是典型的苏州话用语，如"咦"为"又"。从山歌语言中可以看出，所用的词语均为吴语地区日常口头用语，这种与口头用语几乎一致的大白话，用来编成歌曲传唱，有深广的群众基础，而且直抒胸臆，符合百姓的表达习惯，为百姓所喜闻乐见。这种歌谣语言直白真切，所听即所得，既保留了一方风俗之词句，又再现质朴鲜活之形象，可谓栩栩如生，读之有身临其境之感。

五、吴歌语言风格美的成因

一方面是自然地理环境的影响。自然地理环境是人类赖以生存和发展的自然基础，也是人类文化形成和发展的基础。人类是自然的产物，而人类的文化虽然是人创造的，同样离不开自然地理环境的影响，不仅"离不开"，甚至在众多影响因素中，"自然地理环境"因素举足轻重，人文地理学就把自然地理视为人类文化的第一推动力。一方水土养一方人，许多人类的文明和文化现象都可以从自然地理的角度得到解释。十九世纪法国批评家丹纳说过："精神文明的产物和动植物界的产物一样，只能用各自的环境来解释。

环境就是风格习惯与时代精神，决定艺术的种类；环境只接受同它一致的品种而淘汰其余品种。"同样，地理环境也决定着语言的种类、语言的表达方式、语言的风格样式。地理环境对人类语言的影响是巨大的，其影响因素包括地理位置、地形、气候条件和自然资源。在我国，北方地区平原辽阔、气候寒冷、水资源缺乏、植被稀缺，自然环境相对严酷，形成了北方的豪健、中原的淳朴敦厚，富有阳刚之气，其民歌多慷慨激昂，朴实厚重；而南方则多为丘陵，气候温润，尤其是江南一带，雨水充沛，江河密布，山清水秀的自然环境孕育了江南人的阴柔个性，故江南民歌多缠绵婉转、柔美清丽。吴歌源于江南水乡，"水乡地方，河流四通八达，这环境娇养了人"。姜彬认为："吴歌是长江三角洲（古称吴地）的歌，这个地区是我国著名的水乡，水是吴地山歌的重要生态环境，离开这个环境，吴歌就不能产生，至少它不会是这个样子。"这水乡的环境，是生活的不竭源头。水，孕育了丰富的物产，带来了便捷的交通；水，滋养了娇丽的容貌，塑造了柔美的性格。所以吴歌大多婉约清新，以抒情见长，表现浓郁的水乡风情和温婉的纤柔之美。这与自然环境的影响不无关联。

另一方面是人文环境的影响。吴越所在的江南不仅是一个特定的地理概念，也是一个特定的文化概念。在这个文化地理区域内，历史上互为邻国的吴、越国，语言相近、习俗相通、信仰相同，正所谓"吴之与越也，接土为邻境，壤交道属，习俗同，言语通"（《吕氏春秋·知化篇》）。东晋至南朝汉族政权南迁，中原大批贵族士人随迁江南，促进了吴越文化与中原文化的交流和融合。《南史》卷七十二："自中原沸腾，五马南渡，缀文之士，无乏于时。降及梁朝，其流弥盛。盖由是主儒雅，笃好文章，故才秀之士，焕乎

44

俱集。"吴越所在的"江南",不仅成了"风景优美、物产富饶"的代称,而且也成了"人杰地灵、人文荟萃"的胜地。六朝建都江南的中心城市——建康(今南京),不仅成了当时的政治经济中心,也成了文化中心,文学、艺术、史学出现了新气象,文化得以大发展,尤其是吴越文化获得了前所未有的重视和弘扬。由于受江南文化大气候的影响,吴越文化开始由尚武向尚文转变。江南在成了文化中心后,文学、艺术、音乐、雕塑、舞蹈等得到了长足的发展,儒释道文化的传播日趋世俗化和通俗化,逐渐渗透到士人和民间生活,深入人心,这对江南人温婉细腻、内心稳重、优雅重礼的性格特质的形成起了积极的作用。

此外,吴歌之所以形成委婉清丽、温柔敦厚、含蓄缠绵、隐喻曲折的语言风格特点,除了江南水乡柔韧的水文化的浸润和儒释道思想文化的熏染外,还与古典文学的影响分不开。东晋南朝时期,江南成为文学中心。"永明体"的倡导,使诗歌朝声律化方向发展,许多文人开始注重诗歌格律声韵、对仗排比、遣词造句、意境营造,比古体诗更为严整工巧、精练华美。尤其是许多文人受《诗经》比兴手法、汉乐府五言诗格式的影响,在吴歌中出现了大量的"五言体"民歌,如《子夜歌》《华山畿》等;吴歌中大量使用的比兴手法,与《诗经》和汉乐府的影响不无关系;吴歌中的用典和声律,与六朝时期文坛倡导"永明体"的文学影响也是分不开的。尽管用典和声律后来渐渐淡出民歌,但比兴这种手法,在明代以后的风格明丽平实的山歌体中,依然常被运用。可见,人文环境对吴歌的委婉风格的形成起到了决定性作用。

第三节　中国古典诗歌中的民间传统
——以吴歌为例

民间谣曲有一种返本开新的能力，将会擦亮蒙尘的隐喻、拆除叠床架屋的繁复与损耗，在鲜活的生活与诗意之间，重塑所指与能指可以信赖的逻辑关系。

早在一九二三年，顾颉刚发表在《小说月报》第十四卷第三、五号上的《诗经在春秋战国间的地位》一文中，就曾认为建立在民间文学（如民谣）基础上的《诗经》，可以成为"五四"新文学的一个可以续脉的传统和榜样。他从民间谣曲角度还《诗经》的本来面目，明确反对汉儒们穿凿附会，将《诗经》隐微别解成政治化、道德化的产物。

在诸子百家的时代，诗与音乐紧密结合，诗与歌是一体的。庄子对墨、儒两家对待音乐的态度就不以为然，既看不惯墨家的禁乐，也嘲笑儒家对音乐教化作用的夸大其词："黄帝有《咸池》，尧有《大章》，舜有《大韶》，禹有《大夏》，汤有《大濩》，文王有辟雍之乐，武王、周公作《武》。……今墨子独生不歌，死不服，桐棺三寸而无椁，以为法式。……虽然，歌而非歌，哭而非哭，乐而非乐，是果类乎？"（庄子《杂篇·天下》）"咸池九韶之乐，张之洞庭之野，鸟闻之而飞，兽闻之而走，鱼闻之而下入，人卒闻之，相与还而观之。"（庄子《外篇·至乐》）

顾颉刚在读书笔记中说："他们先存好一'圣人'的成见，于是《诗》遂不为里巷之讴吟。他们先存好一'信古'的成见，和'古代必好'的成见，于是千七百年女史之彤管与三代之学校皆为神圣。他们先存好一'传授有源'

的成见，于是与《诗》十分隔膜的《序》，可以决定作者之必不出于臆料，这些都是积威的迷信的表现。"《诗经》是我国现存最早的诗歌总集。《诗经》是由官方任命的"采诗官"从田间地头采集记录，带回宫廷，再由乐手整理后，唱给天子听的。《诗经》中的"国风"就是采集于各国民间的歌谣。顾颉刚对用《诗经》阐述王道的所谓"王迹熄而诗亡"的"诗学的根本大义"加以嘲讽，甚至认为王迹熄而诗存、诗立。事实上，我们知道，只有真正摆脱诗歌为政治服务的"工具论"，诗歌才能回到咏物、抒怀、言志的诗本体，才能兴盛、发展、繁荣，才能接近诗歌艺术的本质。在西方，柏拉图将诗人逐出"理想国"，其中当然也包含着对诗歌教化作用所存的疑义。在陈中梅译注的亚里士多德《诗学》中曾提到这样的观点：不在歌唱而在制作意义上的诗歌和诗人含义直到五世纪才逐渐流行开来。

试看《诗经》中的这首《女曰鸡鸣》：

女曰鸡鸣，

士曰昧旦。

子兴视夜，

明星有烂。

将翱将翔，

弋凫与雁。

弋言加之，

与子宜之。

宜言饮酒，

与子偕老。

47

琴瑟在御，

莫不静好。

知子之来之，

杂佩以赠之。

知子之顺之，

杂佩以问之。

知子之好之，

杂佩以报之。

吴敬梓曾对《诗经》有过深入研究，著有《诗说》。他在《儒林外史》第三十四回中借助杜少卿之口，对《毛诗序》中的"《女曰鸡鸣》，刺不说德也。陈古义以刺今，不说德而好色也"表示不认同，和顾颉刚先生的观点倒也相映成趣：

杜少卿道："《女曰鸡鸣》一篇，先生们说他怎么样好？"马二先生道："这是《郑风》，只是说他不淫，还有甚么别的说？"迟衡山道："便是，也还不能得其深味。"杜少卿道："非也。但凡士君子横了一个做官的念头在心里，便先要骄傲妻子。妻子想做夫人，想不到手，便事事不遂心，吵闹起来。你看这夫妻两个，绝无一点心想到功名富贵上去，弹琴饮酒，知命乐天。这便是三代以上修身齐家之君子。这个，前人也不曾说过。"

理学家朱熹这样说这首诗："此诗意思甚好，读之使人有不知手舞足蹈者。"而在笔者看来，这首《女曰鸡鸣》写的就是一段男女私情，是一位未婚女子在黎明时与情人的甜蜜对谈，情景交融、活泼生动。

笔者一直觉得民歌中的写自我、写私密性、写身体，实质上有一种僭越意义上的公共性，就像男女私情是民歌民谣中的一个公共性主题一样。

来自民间的诗人，在许多篇章里，诗歌创作自然涉及诗歌本事，从中可以看到的是诗歌创作与诗人个体生命的密切关系，古人称之为"诗本事"。这种自然、质朴的审美逻辑链关系，当然没有必要泛意识形态化。

作为历史学家的苏州人顾颉刚，对流行于江南吴语区的吴歌情有独钟。他研究加采风的成果《吴歌甲集》，是一部很有价值的吴地民间歌谣集，另附有《写歌杂记》等多篇研究成果性质的论文。顾颉刚在他的"古史辨派"扛鼎力作《古史辨》自序中讲道，当妻子吴夫人不幸病故时，他休学回乡，恰逢刘半农在北京大学收集歌谣，并在《北大日刊》上每天刊登一两首，这促使他萌生了采风收集歌谣的想法。序言中分别录有两首内容接近、但有不同流传版本的吴歌。他录下的第一首起句为"突然想起绉眉头，自叹青春枉少年"，这首吴歌的另外一个版本起首句则是"佳人姐妮锁眉尖，自叹青春枉少年"，写的是偷情，写自叹青春与推断前生。他录下的第二首为："抬转身，到窗前，手托香腮眼看天。抬头只见清凉月，夜来只怕静房间。好比那木樨花种在冷坑边，好比那紫藤花盘缠在枯树中。"写的是闺怨。从《诗经》到吴歌，来源于民间的诗歌传统中一个显著特质就是其自带的音乐性。

音乐性在诗歌中的作用，一直是个神秘而有诱惑力的话题。可能因为音乐与诗歌本来就像是同体共生的一对连体婴儿，有一张类似双胞胎的共同出生证明。诗歌，歌与诗同源，这是诗歌与音乐两种艺术形态最早的发生学。这种亲密的关联，曾让诗与歌彼此生发、共同成就。钱穆说："孔子以诗教，诗与乐有其紧密相联不可分隔之关系。中国文字特殊，诗之本身即涵有甚深之音乐情调。古诗三百，无不入乐，皆可歌唱。当孔子时，诗乐尚为一事。

然诗言志，歌永言，声依永，律和声，则乐必以诗为本，诗则以人内心情志为本。有此情志乃有诗，有诗乃有歌。"古代诗歌中的声韵、音律犹如纽带，将诗与歌有机串联结合。

《诗经》是思无邪的大雅正声，也是诗与歌的共同源头之一。诗与歌相合，风雅颂，赋比兴，诗之六义，表意与表声相统一。《诗经》在经过孔子整理后，成了儒家文化本原正统（道统）的主旋律。诗歌、乐歌是天地人三位一体的，感应生成，是天籁之音，也是内心呼应自然，是呈现天地人三者之间伦理关系的。这也是天地同源、山水同音、生命同参的知己关系，恰如《高山流水》。

"诗言志，歌永言。"（《尚书·尧典》）"诗者，志之所之也，在心为志，发言为诗。情动于中而形于言，言之不足故嗟叹之，嗟叹之不足故永歌之，永歌之不足，不知手之舞之足之蹈之也。"（《诗大序》，即《毛诗序》）古典诗词都是可以吟诵、吟唱的。在前些年的苏州新春诗会上，苏州的老先生们用多达七八种不同的方言甚至唐调来吟唱古代诗词。笔者也曾在苏州雅集上，听到雕塑家钱绍武老先生吟唱庾信的《枯树赋》和魏武王的《短歌行》，一个苍凉悲怆，催人泪下；一个沉郁顿挫，雄浑壮烈，风格完全不同。

其实，我们祖先创造的文字本身就是诗意的，也是赋予了音乐性的。汉字是象形文字，在创造之初就和命名实体具有一一对应的审美关系，传达出古人表现天人合一这样天然情感的卓越想象力。美国诗人庞德能通过对汉字形象的直觉想象，将想象直接转化成他的灵感源泉，创造出"意象诗"。汉字本身也是有音乐性的文字。象形，是对世界的一种诗的命名，是舞蹈的诗，将形意声完美结合起来，就注定了其天生的音乐性。汉字的发声是汉字

50

意义的美学升华,也是它音乐性的发轫。郭沫若在《卜辞通纂·第三七五片》

(缀合)中解读卜辞:

> 癸卯卜,今日雨。
>
> 其自西来雨?
>
> 其自东来雨?
>
> 其自北来雨?
>
> 其自南来雨?

这样的一种铺陈,是诗,是音乐,也是问与思的原始哲学。

《诗经·周南·芣苢》有:

> 采采芣苢,薄言采之;
>
> 采采芣苢,薄言有之;
>
> 采采芣苢,薄言掇之;
>
> 采采芣苢,薄言捋之;
>
> 采采芣苢,薄言袺之;
>
> 采采芣苢,薄言襭之。

汉乐府民歌《江南》:

> 江南可采莲,
>
> 莲叶何田田。
>
> 鱼戏莲叶间。
>
> 鱼戏莲叶东,
>
> 鱼戏莲叶西,
>
> 鱼戏莲叶南,

鱼戏莲叶北。

上述歌谣的形式与郭沫若解读的卜辞有异曲同工之妙。因甲骨卜辞被发现于清末光绪年间（在北京清朝廷任国子监祭酒的王懿荣得疟疾，派人到宣武门外菜市口的达仁堂中药店买药，在买回的中药材龙骨上发现刻划着一些符号，他进一步加以搜集、研究而发现），所以不敢断定两者间有无直接影响。

乐府，指中国古代民歌音乐。乐府也是秦代以来朝廷设立的管理音乐的官署，汉时沿用了秦时的名称。公元前 112 年，汉武帝正式设立乐府。乐府诗有两个来源，其一是采集、编纂各地民歌并整理加工；其二是由专人创作。乐府机构也专门训练乐工，进行演唱及演奏等。后来，"乐府"成为一种带有音乐性的诗体名称。流传下来的两汉乐府民歌有《战城南》《东门行》《十五从军征》等数十首，其文体较《诗经》《楚辞》更为自由活泼，发展了五言体、七言体及长短句等。汉乐府《陌上桑》（又名《艳歌罗敷行》）、叙事长诗《孔雀东南飞》和《木兰辞》（北朝）、抒情长诗《西洲曲》（南朝）也都是五言或以五言为主的民谣，均收入了南朝徐陵的《玉台新咏》和北宋郭茂倩的《乐府诗集》中。编入《昭明文选》中的《古诗十九首》是在汉代民谣基础上发展起来的五言诗，对唐代五言绝句的兴盛起到了助推作用。以上不少作品均是采自民间无名氏的创作，风格质朴率真、不事雕琢，成为千古传诵的经典之作。

中国古典诗歌中声律最早的作用，正是为了让诗歌发出自己的声音。古典诗词均可以吟唱出来，这是丰富诗歌声音的利器。

考察吴歌的传统，可以发现，吴歌就是诗与歌结合的典范。屈原《楚辞·招魂》中有:"吴歈,蔡讴,奏大吕些。"吴歈即吴地之歌,春秋战国末期(公元前三世纪)就流行于世。庾信《哀江南赋》中有:"吴歈越吟,荆艳楚舞。"其起源是很正宗的华夏大雅正声。王瑶在《隶事·声律·宫体——论齐梁诗》一文中引述《晋书·乐志》曰:"自永嘉渡江之后,下及梁、陈,咸都建业,吴声歌曲起于此也。……吴歌杂曲并出江南,东晋以来,稍有增广。"永嘉之乱和晋室南迁后,中原汉语早已"南染吴越,北杂夷虏"。《南齐书·王僧虔传》言其上表,请正雅乐有云:"自顷家竞新哇,人尚谣俗,务在嗤杀,不顾音纪,流宕无崖,未知所极,排斥正曲,崇长烦淫。……故喧丑之制,日盛于廛里;风味之响,独尽于衣冠。"这正可说明吴歌的发达情形。齐、梁文坛的领袖沈约就是湖州人。学问渊博、精通音律的沈约,与周颙等人总结出诗歌创作中"四声八病"之说。这让诗人具有了掌握和运用声律的自觉意识,也增强了诗歌的美感与艺术效果。

吴歌的曲调和曲式自古就优雅多姿。吴歌这一脉能如此耀眼炫目,从吴方言中得益颇多,是充分发挥了吴方言的优势与特点的。吴方言至今还保留着古汉语整齐八声调和平仄音韵,也保留全部入声。吴语号称吴侬软语,婉转动听,舒缓时悠扬绵长,短促时又能做到"石骨铁硬",可谓刚柔相济。其声调,自然亲和,可随意换调。吴地流传的山歌、船歌、小调、梵呗、偈子、道歌、宣卷,乃至节气、风俗、祭祀歌等,又进一步极大地丰富了吴歌的内容和形式。

杜甫在《春日忆李白》中直陈:

白也诗无敌,

飘然思不群。

清新庾开府，

俊逸鲍参军。

庾信、鲍照都是南北朝的著名诗人。庾信在北周官至骠骑大将军、开府仪同三司，即司马、司徒、司空，世称庾开府。庾信虽擅长宫体诗，但也流传着像《怨歌行》《杨柳歌》一类的乐府歌行。鲍照在刘宋时任荆州前军参军，世称鲍参军。鲍照的作品中有大量的乐府民歌和南朝民歌，甚至有直接标注为《吴歌》的三首作品。唐诗的兴盛与伟大，是因为直接继承了两汉及南北朝诗歌的遗产。

中国古代的叙事诗这一脉，可以说就是在汉乐府民歌基础上发展起来的，后世的叙事诗分类，一般都归属于乐府体。许多名篇，冠之以"歌""行"之名，如唐代杜甫的《兵车行》，白居易的《长恨歌》《琵琶行》。

汉语在迁移到吴越地界的江南后，与当地方言融合，杂糅、转化为吴语，唐朝诗人们在呼朋唤友游历吴越的同时，也可以在吴语区采风学习。毫无疑问，唐诗得到江南民间艺术——吴歌的鲜活滋养，而呈现出活泼开放、生气灵动、摇曳多姿的气象。

南朝乐府民歌大部分保存在《乐府诗集·清商曲辞》中，《乐府诗集·清商曲辞》主要有吴声歌曲和西曲两类，吴声歌曲以《子夜歌》最为著名，计有四十二首。有《子夜歌》一首如下：

夜长不得眠，

明月何灼灼。

想闻散唤声，

虚应空中诺。

还有如下《子夜秋歌》：

> 仰头看桐树，
>
> 桐花特可怜。
>
> 愿天无霜雪，
>
> 梧子解千年。

据顾颉刚考证，最出名的吴歌是李白的《子夜吴歌》：

> 长安一片月，
>
> 万户捣衣声。
>
> 秋风吹不尽，
>
> 总是玉关情。
>
> 何日平胡虏，
>
> 良人罢远征。

唐朝另一位大诗人杜甫有《夜宴左氏庄》诗云：

> 检书烧烛短，
>
> 看剑引杯长。
>
> 诗罢闻吴咏，
>
> 扁舟意不忘。

夜宴赋诗，坐间有以吴音吟咏者，顿时引发诗人泛舟吴越的记忆，感慨万端，即兴成篇。

刘禹锡《竹枝词》有：

> 杨柳青青江水平，
>
> 闻郎江上唱歌声，

东边日出西边雨，

道是无情却有情。

这首《竹枝词》化用了吴歌中吴格的双关隐语。竹枝词是由民歌转化而来，就是一种通俗的民歌体。竹枝词多依日常生活中的语言声韵，不拘格律，民间的口语、俚语皆可入诗，且极少用典，风格明快，轻松诙谐，雅俗共赏。清董文涣《声调四谱图说》云："至竹枝词，其格非古非律，半杂歌谣。平仄之法，在拗、古、律三者之间，不得全用古体。若天籁所至，则又不尽拘拘也。"

唐代苏州诗人陆龟蒙写过两首《大子夜歌》，收在《全唐诗·乐府》中。

《大子夜歌》其一

歌谣数百种，

子夜最可怜。

慷慨吐清音，

明转出天然。

《大子夜歌》其二

丝竹发歌响，

假器扬清音。

不知歌谣妙，

声势出口心。

以上两首《大子夜歌》，既是诗，又是诗论。陆龟蒙总结出了流传于吴地的《子夜歌》的突出地位及其鲜明的艺术特色。

《子夜歌》的口心如一，清丽天然，是否有黄遵宪"诗界革命"中"我

56

手写我口"和"五四"新文学运动中胡适、钱玄同、刘半农等倡导言文一致的"我手写我心"的意思？与"有什么话，说什么话；话怎么说，就怎么说"（胡适《建设的文学革命论》）可谓意趣相合。

二十世纪二十年代中期，刘半农、鲁迅、周作人、胡适等人把一部已湮没不闻多年的吴语白话小说《何典》抬举到"文学史的高度"，校注、作序、作文推广，这一切皆因吴稚晖依稀记得："可巧在小书摊上，翻看一本极平常的书，却触悟着一个'作文'的秘诀，这本书就叫作'岂有此理'。我止读他开头两句，即不曾看下去。然从此便打破了要做阳湖派古文家的美梦，说话自由自在得多。不曾屈我做那野蛮文学家，乃我平生之幸。他呢开头两句，便是'放屁，放屁，真正岂有此理'。用这种精神，才能得言论的真自由，享言论的真幸福。"在哪本书里读到过一句"放屁，放屁，真正岂有此理"，吴稚晖一时也想不起确切书名，可那种汪洋恣肆、鄙俗放浪的风格令他心驰神往。后来一直搜求此书的文学革命派干将刘半农，最终在旧书摊上发现"放屁，放屁"原来就出自《何典》。

　　不会谈天说地，不喜咬文嚼字，

　　一味臭喷蛆，且向人前捣鬼。

　　放屁放屁，真正岂有此理！

——右调《如梦令》

"放屁文学观"的实质，除了对抗文言文的保守、整饬，无非是求得思想、言说与创作的自由自在。革命领袖毛泽东就非常喜欢《何典》一书。延安时期，他曾两次寄书给在苏联求学的毛岸英和毛岸青，其中就有《何典》。毛泽东在不少场合化用或引用过《何典》的言辞，如在"林彪事件"中，毛泽东广为人知的一句话："天要下雨，娘要嫁人，由他去吧。""娘要嫁人"便可从《何典》中找到出处。毛泽东在《念奴娇·鸟儿回答》一词中的最后两句："不须放屁！试看天地翻覆。"其出典也不言自明。《何典》开篇中这首《如梦令》词牌名，原名《忆仙姿》，相传为唐庄宗的自制曲。因在曲中有"如梦，如梦，和泪出门相送"句，苏轼遂改为《如梦令》。作为苏州常熟人的作者张南庄直接将民俗俚语"革命性"地引入旧词牌。全书十个章回，每一回开头都有一首词，旧瓶装新酒，所填新词其实都是吴歌的内容，都符合吴歌的风格，如第三回：

> 泪如泉，怨皇天。
>
> 偏生拣着好姻缘，强教半路捐。
>
> 花未蔫，貌尚妍。
>
> 活人怎肯伴长眠？红丝别处牵。
>
> ——右调《比红豆》

如第八回：

> 真堪爱，如花似玉风流态。
>
> 风流态，眠思梦想，音容如在。
>
> 东邻国色焉能赛？桃僵偏把李来代。李来代，冤家路窄，登时遭害！
>
> ——右调《玉交枝》

开头所引的词，和传统章回小说同中有异，实质上是为小说中的这一章回定主旨。

苏州寒山寺中有寒山、拾得殿，里面供有唐代诗僧寒山的像。有相当长一段时间，寒山在浙江及苏州西南部的太湖山区参访、云游。他的诗歌中传达出了吴歌的那种质朴、诙谐、灵动、清丽的雅俗共赏特色和山野之趣，甚至有对大自然声音拟人化的直接转换。

寒山曾被美国"垮掉的一代"奉为宗师，如杰克·克鲁亚克的《在路上》《达摩流浪者》（扉页上就题写着"谨以此书献给寒山子"）。在《达摩流浪者》中，主角之一的贾菲·赖德从日本归来，给其他"垮掉的一代"伙伴们带来了东方的禅宗和寒山诗歌，这个主角就是以盖瑞·施耐德为原型而创作出来的。艾伦·金斯堡的《嚎叫》、格雷戈里·柯索的《汽油》和《死神的快乐生日》、威廉·博罗斯的《裸体午餐》等，也都或明或暗地在书中点到曾受过寒山的影响。"心将流水同清净，身与浮云无是非。"生活在那个时代，他写着类似吴歌的口语体白话诗。生前几乎是寂寂无闻，身后却声誉日隆，被归入正典。恰如他所说："有人笑我诗，我诗合典雅。不烦郑氏笺，岂用毛公解。"

从唐诗到宋词，在音乐性得到传承的同时，吴歌的影响依然隐约可观。词可作诗余说，即诗之后裔、赢余，也作诗人的余事解。词牌名《菩萨蛮》，指称了域外新乐曲，《忆江南》就是依曲拍而作的词。最早的乐府之词，一种说法就是倚声而起的，声指乐曲。

宋代尤重经营江南，两宋诗人们广泛游历，甚至出仕江南，留下不少受到吴歌影响的诗歌作品。苏轼有出守杭州时写就的《法惠寺横翠阁》，起句就有：

朝见吴山横，

暮见吴山纵。

吴山故多态，

转侧为君容。

全诗用韵平仄有致，有吴歌的活泼跳荡和摇曳变化的音乐感。

苏轼在杭州，还写有《席上代人赠别三首》：

> 凄音怨乱不成歌，
>
> 纵使重来奈老何。
>
> 泪眼无穷似梅雨，
>
> 一番匀了一番多。
>
> 天上麒麟岂混尘，
>
> 笼中翡翠不由身。
>
> 那知昨夜香闺里，
>
> 更有偷啼暗别人。
>
> 莲子劈开须见臆，
>
> 楸枰著尽更无期。
>
> 破衫却有重逢处，
>
> 一饭何曾忘却时。

南宋诗人王十朋批注指陈："此吴歌格。"

南宋时期著名的吴歌有：

> 月子弯弯照九州，
>
> 几家欢乐几家愁，
>
> 几家夫妇同罗帐，
>
> 几家飘散在他州。

明袁宏道的杂言诗《横塘渡》，写的是江南横塘，借用的也是江南民歌风格：

> 横塘渡，临水步。
>
> 郎西来，妾东去。
>
> 妾非倡家女，
>
> 红楼大姓妇。
>
> 吹花误唾郎，
>
> 感郎千金顾。
>
> 妾家住虹桥，
>
> 朱门十字路。
>
> 认取辛夷花，
>
> 莫过杨梅树。

在清代苏州诗人汪琬《尧峰诗文钞》卷四十四中，也有写横塘的一首《苏州竹枝词》：

> 家住横塘倚画楼，
>
> 望郎遥隔百花洲。
>
> 何时得作横塘水，
>
> 汇入洲中一处流。

唐寅是苏州的传奇人物，他在《言怀》诗中夫子自道："笑舞狂歌五十年。花中行乐月中眠。漫劳海内传名字。谁论腰间缺酒钱。"他最著名的《桃花庵歌》流传至今，虽有各种不同的版本，但每个版本都有一个共同特点：大量采用民间口语，清新晓畅，情真意挚。笔者认为，《桃花庵歌》的风格，与他长年厕身民间、纵情勾栏瓦舍、浸染吴歌是分不开的。也可以说，《桃花庵歌》是用吴地民间道情（又称道歌）的调式来写诗人自身的"诗本事"。

桃花坞里桃花庵，桃花庵下桃花仙。

桃花仙人种桃树，又折花枝当酒钱。

酒醒只在花前坐，酒醉还须花下眠。

花前花后日复日，酒醉酒醒年复年。

不愿鞠躬车马前，但愿老死花酒间。

车尘马足贵者趣，酒盏花枝贫者缘。

若将富贵比贫贱，一在平地一在天。

若将贫贱比车马，他得驱驰我得闲。

世人笑我忒疯癫，我笑世人看不穿。

记得五陵豪杰墓，无酒无花锄作田。

明代苏州人冯梦龙辑有《山歌》，就是他采集的吴地方言民歌。他还编印过民间歌曲集《挂枝儿》和散曲集《太霞新奏》。他在《叙山歌》中说："书契以来，代有歌谣，太史所陈，并称风雅，尚矣。自楚骚唐律，争妍竞畅，而民间性情之响，遂不得列于诗坛，於是别之曰山歌，言田夫野竖矢口寄兴之所为，荐绅学士家不道也。唯诗坛不列，荐绅学士不道，而歌之权愈轻，歌者之心亦愈浅。今所盛行者，皆私情谱耳。虽然，桑间濮上，国风刺之，尼父录焉，以是为情真而不可废也。山歌虽俚甚矣，独非卫衙之遗欤，且今虽季世，而但有假诗文，无假山歌，则以山歌不与诗文争名，故不屑假。苟其不屑假，而吾藉以存真，不亦可乎，抑今人想见上古之陈於太史者为彼，而近代之留於民间者如此，倘亦论世之林云尔。若夫借男女之真情，发名教之伪药，其功於挂枝儿等，故录挂枝词而次及山歌。"这是他在为吴地山歌鸣不平，进而正名。

明代苏州的落魄名士们都有这个范儿，主动向吴歌学习的文人其实不在少数。明末吴江盛泽的名士卜舜年诗文书画卓绝一时，他曾亲临阊门向国工张怀仙学习吴歈（吴歌），"摹尽其妙"，学成后回里登坛献艺，令当地观众倾倒。卜舜年在《绿晓斋社叙》（绿晓庄绿晓斋为其居所）中有这番有趣的夫子自道："要皆吐性灵，见道理，言人人殊，人言言各，当旗一竿，鼓一架，以植彩三吴，动声四海，无庸庸观听也。"可见当年绿晓庄的盛况。清时绿晓庄已败落，诗人汤钟访绿晓庄，留下了"抛残纬识与河图，不辨当年旧酒垆，废寺只今空蔓草，吴歌还唱月明无"的诗句。可惜，当年，吴歌声里说丰年，如今仅余"神鸦社鼓"。

新中国成立以来，由贺绿汀改编的《四季歌》，所采用的是苏南民歌《哭七七》曲调。歌曲《茉莉花》就源于吴歌小调《鲜花调》。当代吴歌《五姑娘》（民间长篇叙事诗，两千行左右）可以由芦墟歌手陆阿妹一气唱下来。首批国家级非物质文化遗产"吴歌·白茆山歌"代表性传承人、常熟当代歌手陆瑞英熟练掌握的曲调就包括大山歌、小山歌、急口山歌、四句头、吭吭调、春调、三邀三环、划龙船调、搭凉棚调、向阳调、新打快船调、五更调、手扶栏杆调、佛偈调等几十种山歌。吴歌中还有无词歌的形式，甚至是类似劳动号子那样的，通过简单音节的起承转合变化来呈现音乐的内容，这就是十足的歌的表达。

吴歌本来是雅俗共赏的艺术，在漫长的历史演变过程中，慢慢有了分支，雅的一路发展成今日所呈现的昆曲等，俗的一路发展成今日在民间流传的艺术形式如山歌、渔歌一类。

有学者在梳理诗与乐的关系时认为，从上古到汉，是"以乐从诗"；汉至六朝，是"采诗入乐"；隋唐以来是"倚声填词"。（施议对著《词与音乐关系研究》）叶嘉莹在《古典诗歌吟诵九讲》中比较中英文不同时说："英文字有轻重音，而我们不是，我们是独体，是单音，就是一个字，而这一个字有各种不同的声调。所以我们中国的诗歌所注重的，不是轻重音，而是节奏和声调。"

　　古典诗词的内容与形式不是主仆关系，有意味的形式往往是诗与歌合二为一的。到了格律体式微的时候，古人在诗词章句上能做的工夫甚至是只徒具其表的格律了。

　　我们看到，随着时间的向后推移，诗与歌慢慢演变成相对独立的艺术门类，不是互为表里的关系，它们各成系统，虽可以彼此生发、相得益彰，但不能彼此取代。诗词格律本来是为诗歌服务的，古人发明诗歌的格律音韵、四六骈文，本来的意义就在于此。从明代江南民间的清曲、小唱发展起来的艺术新形态昆曲，诗与歌的联系反而很紧密，唱词都很文气，有的依词起调，过去常在大户人家堂会上演出，老人们都喜欢用拍曲子来说昆曲。在昆曲诸多曲目中，我们不难发现诗与歌的联姻。张充和先生在"答允和二姐观昆曲诗，遂名曰《不须曲》"的诗中写道："收尽吴歌与楚讴，百年胜况更从头。不须自冻阳春雪，拆得堤防纳众流。"对诗歌与音乐素有研究的哲学家康德意味深长地说过一段话："如果所关注的是魅力和内心的激动，我将在诗艺的后面放置这样一种艺术，它在语言中最靠近诗艺，因而也能很自然地与诗艺结合起来，这就是音调的艺术。"而到了自由体新诗的创作阶段，取消了形式格律和压韵，诗的音乐性逐步降低，彼此关联对方的音韵学纽带进一步松散而独立成科，诗与歌发展成为更为科学、系统的两大领域。

在新诗诞生之初，从形式到内容，如何保证诗之为诗呢？现代汉语诗歌在产生之日就面临着现代汉语生成时产生的问题，就是必须承担回应西方语法挑战和古代汉语转换的双重压力。要有效地挖掘现代汉语的潜力，就要让现代汉语成为一个开放的体系，无论是语法、结构，还是音韵、拼音系统，都在一个动态中不断得到丰富和完善。

这是胡适为新诗的形式规范作出的如下设计："现在攻击新诗的人多说新诗没有音节。不幸有一些作新诗的人以为新诗可以不注意音节。这都是错的。""诗的音节全靠两个重要分子：一是语气的自然节奏，二是每句内部所用字的自然和谐。至于句末的韵脚，句中的平仄，都是不重要的事。""新诗大多数的趋势，依我们看来，是朝着一个公共方向走的。那个方向便是'自然的音节'。"不难看出，他对新诗"自然节奏"、"自然的音节"（音乐性）的谋划，正是在为新诗的合法性辩护。虽然他在《谈新诗》中对新旧体诗中的"节奏""音节"多有举证，比如周作人的《两个扫雪的人》中一段："一面尽扫，一面尽下：扫净了东边，又下满了西边；扫开了高地，又填平了洼地。"基本属于民间歌谣体。胡适的论述观点虽存有诸多模糊不清之处，大致的意思却是不差的。"话怎么说，就怎么说。"（胡适《建设的文学革命论》）尽可能从民间习用的语言、日常生活使用的白话口语入手，获得和谐、自然的音节。而民歌、民谣就是一个现成的参照物，正如中国古典诗歌从吴歌中得益良多一样。

格律要素在诗歌中的有效性，对旧诗和新诗而言，不可同日而语。旧诗的格律我们已经抛弃了，但格律要素，比如平仄、用韵等是否还可以不同程度地出现在新诗中？一些诗人确实尝试过新格律体的写作，但成功的不多。闻一多、林庚等先生也曾经尝试过不同的新诗体写作方式，留下过可贵的探索足迹。格律要素和旧诗几乎就是一体的，一旦失去了其中最重要的时代背景和生成语境，就无法强求了。在新诗史上，废名曾说，新诗与旧诗的区别在于，旧诗是诗的形式散文的内容，而新诗是散文的形式诗的内容。哈佛大学的田晓菲认为，不在于形式与内容之分别，而在于表达方式和美学原则的根本不同。

现代汉语，或者说当代诗歌中诗与歌的关系，不再具有古代诗歌中"欸乃一声山水绿"（柳宗元《渔翁》）般的自然关联。胡适所说的"自然节奏""自然的音节"，其实也并不玄妙、神秘，王力在《诗词格律》一书中总结古典诗词时曾明示：从节奏方面来看，把一个长音字和它前面的短音字放在一起可以看作一个节奏单位。在当代诗歌中，构成音乐性的已不再是外在的形式规范，而是一种内在的韵律、气息、呼吸、节奏，类似京剧中独有的润腔，更多的是一种属于个人精神气质与风格层面上的东西，值得我们重新思量与研究。而中国古典诗歌不断回到民间、回到源头获取营养，不断获得返本开新的能力，这对中国当代诗歌的实践，无疑也具有重要的借鉴意义。

第三章　吴歌的分类研究

第一节　清商乐中的吴歌

清商乐随着时代的发展，其内涵也在不断地变化，其繁荣兴盛于六朝，在发展过程中，清商乐融入了吴歌等地方性民歌的风格，发生了重大变化。吴歌作为当时流行的地方性俗乐，在体制和形式上都对清商乐产生了重要的影响。本节意在围绕清商乐对吴歌进行简要的探究分析。

一、清商乐

清商乐的来源众说纷纭，历朝历代的学者对清商乐都有着各自的解释：有学者认为清商乐与相和歌是一脉传承的说法；也有学者认为在这基础上增加了房中乐的渊源，即相和歌是在房中乐的基础上发展而来，清商乐又继承了发展以后的相和歌……虽然清商乐的来源有多种解释，但它的曲调特点和发展脉络是较为清晰的，清商乐凄婉哀怨，在汉魏六朝是流行于宫廷与民间的乐种，其特色是属清越之俗乐。

南传的清商乐逐渐与南方的吴歌、西曲融合，王运熙先生为了把汉魏清商与南朝新声相区别，在《乐府诗论丛》"清乐考略"中把前者称为"清商旧曲"，后者称为"清商新声"。还有钱志熙先生也同样认为，晋宋清商三调为旧声，西曲吴歌为清商新声。他们根据杜佑的《通典》中罗列的清商乐曲名与《晋书》中录的清商三调歌有着大不相同，以及郭茂倩在《乐府诗集》中将原清商三调辞归入"相和歌辞"类，而把西曲吴歌归入"清商曲辞"等原因，得出这样的观点。

二、清商乐中的吴歌

"清商新声"与"清商旧曲"的最大不同，便是融合了南方的新声"吴歌""西曲"，但郭茂倩在其《乐府诗集》中对吴歌、西曲被称为"清商曲辞"的背景叙述可能会使人误会清商乐真实的内涵变化过程。这段话是王僧虔的"十数年间，亡者将半。所以追徐操而长怀，抚遗器而太息者矣"，意思是这数十年间，大部分清商乐曲都缺失了，所以我看着这些乐器就非常难受感怀啊！这里的议论体现了王僧虔对旧曲消亡趋势无可奈何的感叹与默认，态度非常消极。而在这样的议论之后，郭茂倩以北魏清商署的设立以及对"清商乐"的命名作为上面叙述的承接，有一种让新兴的吴歌、西曲直接弥补"清商旧曲"的缺失的感觉。"清商乐"因此完成了旧曲、新歌的更替，满足了时代发展的新趋势。

《南齐书·王僧虔传》中有此描述："朝廷礼乐多违正典，民间竞造新声杂曲。"这里能够看得出来，王僧虔对吴歌、西曲等民间音乐是抱着排斥的态度的，但郭茂倩的《乐府诗集》并没有表现王僧虔对吴歌等民间新声的态度。而王僧虔代表的也正是大多数南朝人士的观点，虽然这些民间新声好听独特，他们也甚是喜爱，但这些民间新声毕竟还是"俗"乐，难登大雅之堂。南朝的"清商"概念门户严格，他们将吴歌、西曲排除于"清商"之外，甚至上升到了制度的层面。

而"清商"含义中添加了吴歌、西曲的主要原因是：北魏和隋朝清商署的设置。《魏书·乐志》载："初，高祖讨淮、汉，世宗定寿春，收其声伎。江左所传中原旧曲，《君》《圣主》《公莫》《白鸠》之属，及江南吴歌、荆楚四声，总谓《清商》。至于殿庭飨宴兼奏之。"这便是将中原旧曲与吴歌、西曲一起称为了"清商"。北魏设置清商署是源于对宋、齐乐官制度的仰慕和学习，清商乐中汉魏遗声的因素，无疑是被北方人所接受的一大原因，"南方化"的风格崇尚则决定了清商乐在北方发展的繁荣。但将吴歌、西曲也收入其中，有一种可能是并未搞清楚"清商"的真正含义，对"清商"的意义、地位没有进行深入了解，才让清商乐的内涵进行了转变，于是"清商"便逐渐从"雅乐正声"向"民间俗乐"的方向演化。

吴歌等这样的民间俗乐经由这样的变化也被推向了更大的历史舞台，发展出了更多的题材与种类，为吴地的地方艺术甚至是中国的民间艺术的丰富做出了更多更重要的贡献。

第二节　苏州吴歌文化

苏州吴歌历史悠久、底蕴深厚，是吴文化的杰出代表。随着历史的变迁，苏州吴歌的发展虽历经起伏，却依靠着传统的文化基因延续生命、展示魅力。2006 年，以芦墟山歌、白茆山歌、河阳山歌等为代表的苏州吴歌遗产项目成功入选首批国家级非物质文化遗产名录。然而，随着全球化、现代化、城市化的加速推进，苏州吴歌正面临消亡的危机。因此，保护和传承苏州吴歌对于发掘吴歌价值、弘扬吴文化、推动文化多样性和坚定文化自信有着重要的现实意义。

"历史上采集吴歌，多以苏州为中心"，有学者把歌曲是否发源于苏州及其附近的吴语地区作为判定其是否属于"吴歌"的重要标准，可见苏州之于吴歌的特殊地位和意义。作为吴歌重要的起源地和传播中心，苏州对于吴歌来说颇具典型意义，芦墟山歌、白茆山歌、河阳山歌被认为是吴歌的三大"品牌"。

芦墟山歌历史悠久，在苏州东南端汾湖流域的芦墟、莘塔、北厍、黎里等地广为流传。二十世纪八十年代初，芦墟山歌长篇叙事作品《五姑娘》问世，打破了"汉族无长篇叙事诗"的传统说法，引来了全国各地甚至海外学者的关注和考察，芦墟镇也于 1998 年被评为"江苏省民间艺术之乡"。被誉为"吴地一绝"的白茆山歌孕育于苏州常熟东南部，其历史可以追溯到约 4500 年前的良渚文化，日本专家加藤千代曾题词赞叹"日本山歌渊源似乎在中国白茆山歌之乡"。河阳山歌则以张家港的凤凰镇为传唱中心，据考证，其代表作《斫竹歌》可以追溯到黄帝时期，它甚至"改写了中国音乐史和诗歌史，是华夏古老音乐文化的活化石"，张家港也被命名为"中国吴歌之乡"。除了以上蜚声中外的三大山歌，苏州还有吴歌的许多支脉，如阳澄湖渔歌、双凤山歌、胜浦山歌、白洋湾山歌、石湾山歌、昆北山歌等。

一、苏州吴歌的文化内容

吴歌是"下层劳动人民为了表达自己的思想、感情、意志、要求和愿望而集体创作的一种代代相传的口头文学艺术样式"。苏州吴歌的题材，可以分为生产劳作、社会世情、世俗风物、爱情婚姻和长篇叙事山歌等，而稻作、舟楫、吴语和民俗则是构成苏州吴歌的典型文化元素。

（一）苏州吴歌的题材

第一是生产劳作。民以食为天，生产劳作是农耕社会最基本的标志。苏州吴歌中有很多反映生产劳作的作品，如河阳山歌的《斫竹歌》就展示了远古先民最原始的劳动场景。劳动人民在辛苦劳作时唱山歌：插秧的时候要唱，耘田的时候要唱，养蚕的时候要唱，摇船、打渔、采茶的时候都要唱，苏州吴歌唱出了劳动人民的劳动苦情、劳动情景、劳动乐趣。

第二是社会世情。苏州吴歌虽是"下里巴人"，却不乏关注社会、心系世情的作品。不少苏州吴歌都包含了下层人民对当时历史、政治事件的关注和评论，对所处弱势地位、所遭不公待遇的愤懑和憎恶，以及对匡扶正义、改变命运的赞誉和向往。

第三是世俗风物。苏州吴歌中世俗风物的题材主要表现在人们的日常生活、风俗民情，包括节日喜庆、咏物颂景、生活闲趣、哭嫁、哭丧、劝善、乞讨等。如芦墟山歌中的《祝寿歌》，"福如东海三星照，寿比南山福气好，财源滚滚节节高，子孙后代个个孝"，就是在农村拜寿仪式中表达美好祝福的民歌。《中国民间歌曲集成·江苏卷》中收集的《姑苏风光》《苏州景》等，则生动展现了苏州的自然景观和人文雅韵。

第四是爱情婚姻。无论是何时何地的民歌，爱情和婚姻永远是经久不衰的题材，苏州吴歌也不例外。苏州吴歌中有表达爱慕的相思情歌，也有劳作之余为解乏所唱的嬉戏情歌，还有争取婚姻自由、逃脱礼教束缚的悲怆情歌。在苏州吴歌中，甚至有着"无姐无郎不成歌"的说法，可见爱情题材在苏州吴歌中的重要地位。

第五是长篇叙事山歌。二十世纪八十年代初，芦墟长篇叙事山歌《五姑娘》的整理发现，在当时引发了轰动，也推动了吴歌研究的高潮。长篇叙事山歌是苏州吴歌的一朵"奇葩"，除了惊人的篇幅和生动的情节，还反映了苏州的生产生活、民风民俗，更重要的是它唱出了底层人民对现实的不满和抗争，唱出了对美好生活的憧憬和期盼。因此，这种最真、最原始的歌谣深受人们的喜爱，在山歌手的传唱中经久不衰。

（二）苏州吴歌的文化元素

苏州地处长江以南、太湖东岸、长江三角洲的中部，是吴文化的根脉和集大成所在。苏州吴歌随着吴文化的源起而生，并在吴文化的母体中汲取养分，从而形成了"委婉清丽、温柔敦厚、含蓄缠绵、隐喻曲折"的特色。从吴歌传唱的题材中不难看出，江南稻作、太湖舟楫、吴侬软语、水乡风俗既是构成苏州吴歌内容的典型元素，更是展现苏州吴歌丰富内涵的文化基因。

首先是稻作文化。早在七千多年前，吴地先民就以稻作生产的方式进入农耕社会，并由此产生了特有的稻作文化。苏州吴歌与稻作文化共生，生动地反映了劳动人民的生产状况和思想感情，形成了内容丰富的稻作歌谣。耕耘的辛劳，需要用歌声来舒缓、调剂，因此也就有了"种田人辛苦唱山歌"的传统。春种、夏耘、秋收、冬藏，稻作歌谣唱遍四季，有插秧歌、耘田歌、积肥歌、水车歌、割稻歌、砻谷歌，还有祈求风调雨顺、五谷丰登的稻作仪式歌和体现稻作文化元素的生活歌、情歌和童谣等。

其次是舟楫文化。"水乡地方，河流四通八达，这环境娇养了人，三五里路也要坐船，不肯步行。"苏州是著名的江南水乡，有水的地方自然少不了舟楫，在"无处无舟，日与船处"的生活中，舟楫也由最初的生产工具、交通工具升华为水乡特有的文化符号。有学者认为，吴歌最原始的名称"吴歈"，"俞"义为独木舟，而"欠"义为张口扬声，"歈"就是船夫唱的歌，吴歌的舟楫文化元素可见一斑。在舟楫文化的影响下，苏州吴歌催生了大量以渔歌、船歌为题材的作品，如双凤山歌《摇船调》、河阳山歌《摇船对歌》，最为经典的当属那首脍炙人口、把无数人带回美好童年的《外婆桥》——"摇啊摇，摇到外婆桥，外婆叫我好宝宝……"

再次是吴语方言。据《湘山野录》记载，五代吴越王钱镠衣锦还乡时，仿汉《大风歌》高兴地唱起了"高大上"的还乡歌，可是来迎接的乡亲听不懂，吴越王遂改用方言唱道："你辈见侬底欢喜？别是一般滋味子。永在我侬心子里！"熟悉的乡音土语立即产生"合声庚赞，叫笑震席，欢感闾里"的轰动效果。有研究认为，这是历史上第一首用吴语方言演唱并记录下来的吴歌。吴语是吴地特有的方言，作为苏州吴歌的载体，吴语方言的大量运用使吴歌别具一格，处处体现着"软、糯、甜、媚"的风格，同时也加强了同属一个方言圈的吴地人民对吴歌的身份认同和文化共鸣，使吴歌特色保持并传承至今。

最后是吴地民俗。从对苏州吴歌内容的考察不难发现，诸多民俗事项在歌谣中都有所反映。从婚丧嫁娶到岁时节令，生活中处处都有歌谣在传唱，如《五姑娘》中的迎亲情节生动形象，基本将苏州农村从媒人上门提亲到娶亲拜堂的婚俗过程完整地展现了出来。还有一首《十二月风俗山歌》这样唱道："正月半，闹元宵，二月二吃撑腰糕，三月三，祖师苞，四月十四白相神仙庙，五月端午粽子箬叶包，六月里，大红西瓜颜色俏，七月半露仔鸳鸯水来乞巧，八月半白果栗子一道炒，九月九吃重阳糕，要想看会等到十月朝，十一月里雪花飘，十二月廿四饴糖送灶糖元宝。"寥寥数语，让我们真切地感受到了苏州多彩多样的时令节庆文化和饮食习俗。

二、保护与传承苏州吴歌的现实意义

作为一种宝贵的民间文化遗产，苏州吴歌凝聚了吴地人民的汗水和智慧，展示着传统文化的魅力和内涵。然而，和其他非物质文化遗产一样，苏州吴歌遭到了全球化、现代化、城市化的强烈冲击，面临着没落甚至消亡的危机。因此，保护和传承苏州吴歌迫在眉睫，意义重大。

（一）有利于发掘苏州吴歌的价值

第一是历史价值。如果从河阳山歌《斫竹歌》算起，苏州吴歌已经有超过六千年的历史，透过不同时期的吴歌作品，我们可以了解特定历史背景下的生产方式、生活风貌、道德习俗和社会观念。此外，相较于正史典籍，源自民间、底层人民的苏州吴歌不受拘泥束缚，没有粉饰赞誉，大胆、真实地还原历史原貌，弥补正史的遗漏和不足。

第二是文化价值。苏州吴歌是由诸多文化元素构成的活态文化，是吴文化的杰出代表，也是中国传统文化的重要组成部分。可以说，文化价值是苏州吴歌价值体系的核心，它在记录吴地文化发展进程的同时，更折射出吴地民众的思想观念、人生信条、处世态度和思维方式。这种深层次的文化共鸣是保护所有非物质文化遗产的根本，只有认同自己的民族文化，并引以为荣、引以为责，传统文化的发展才有出路，留住民族记忆、守住文化家园的愿望才能实现。

第三是艺术价值。苏州吴歌是一门艺术，是唱出来、听得见的"歌"。在苏州吴歌的发展过程中，形成了许多表现手法和特色曲调，如《苏州景》《摇摇摇》《踏水车》等，其朴实细腻的风格深深影响了昆曲、苏剧、评弹、沪剧、江南丝竹等艺术形式的形成和发展，苏州吴歌被称为"吴地许多音乐艺术之源"。时至今日，艺术创作者们仍在发掘苏州吴歌的艺术价值，希望从中找到灵感，创作出具有时代特征的新吴歌。

第四是教育价值。1913年，鲁迅针对当时搜集、整理民间歌谣的运动，提出了"当立国民文术研究会、以理各地歌谣、俚语、传说、童话等；详其意义，辨其特性，又发挥而光大之，并以辅翼教育"的意见，体现的就是对民间文学重要的教育价值的认识，对苏州吴歌而言，亦是如此。苏州吴歌的题材丰富，涉及社会生活的各个领域，劳作歌谣可以向人们传播、普及耕田插秧、捕鱼采莲的劳动知识；童谣儿歌则从娃娃抓起，教化人们要孝敬父母、勤劳简朴、与人为善；长篇叙事山歌中反映珍视生命、向往美好、扶危济困的作品更是不胜枚举。

第五是经济价值。苏州吴歌历史悠久、文化深厚，完全可以按照国家"保护为主，抢救第一，合理利用，传承发展"的方针，在保护抢救的前提下，发掘其潜在的经济价值，发展独立的文化产业或与相关的文化产业结合，走生产性保护之路，一方面可以使苏州吴歌保持旺盛的生命力，实现可持续发展；另一方面可以拉动地方经济发展，实现多方共赢。

（二）有利于弘扬地域文化、保护文化多样性

文化是民族的根基与灵魂，各民族之间的不同归根结底是文化的差异。和生物多样性对保持生态平衡的意义一样，文化多样性是维系文化生态健康发展的重要前提。因此，只有保护本民族的特色文化，保持地域文化的差异，坚持和而不同、多元共生，才能保护文化多样性，实现文化的可持续发展。

作为吴文化的典型代表和文化标志，苏州吴歌从语言载体到曲调特征、从题材内容到演唱方式，无不体现着吴文化的特征。保护和传承苏州吴歌，将有力推动苏州实现文化的现代化，为弘扬地域文化、打造属于吴地的文化品牌做出贡献。对于苏州吴歌而言，它既是吴地的非物质文化遗产，更是世界的非物质文化遗产，保护与传承苏州吴歌，有利于保护文化多样性，实现文化的发展和繁荣。

（三）有利于坚定文化自信

党的十九大报告中明确指出："文化兴国运兴，文化强民族强。没有高度的文化自信，没有文化的繁荣兴盛，就没有中华民族伟大复兴。"作为民族复兴的重要表现和前提条件，文化被提升到前所未有的战略地位，高度的文化自信不仅是一种文化立场和态度，更是对民族文化和国家命运发展的深度思考。

作为中华优秀传统文化的重要组成部分，非物质文化遗产是以活态形式传承至今、并生动反映华夏文明的精华。然而，随着全球化、现代化、城市化的加速推进，非物质文化遗产正面临着空前的危机，如何在逆境中探寻非物质文化遗产的发展是每一个国家、地区、民族需要思考的问题。

因此，保护和传承苏州吴歌，开展对以非物质文化遗产为代表的优秀传统文化的研究是维护国家文化安全、推进社会主义文化建设的时代要求，更是增强国民文化认同感、坚定国民文化自信的迫切需求，是对"一个民族精神之根的呼唤、认同与养护"。

第四章 吴歌的传承研究

第一节 吴歌保护与传承的现状

传唱于长江下游太湖流域的吴歌历史久远、底蕴丰厚，是吴文化的杰出代表。尽管苏州吴歌的保护与传承工作取得了一定的成效，但由于城市化、现代化、文化全球化等深层原因，苏州吴歌正遭遇濒临消亡的危机，如何走出困局，相关部门应该从深化机制、培养受众、不断创新等方面加以思考。

一、保护与传承的成效

近年来，在相关部门的高度重视和当地群众的积极努力下，苏州吴歌的保护与传承工作相比其他地区走在了前列，尤其是芦墟、白茆、河阳三大山歌入选国家级非物质文化遗产名录，进一步扩大了苏州吴歌的影响，吸引更多的人关注它们的生存状况。

（一）通过非遗项目促进吴歌的保护与传承

2001 年，昆曲成功入选首批世界级人类口头和非物质遗产代表作名录的消息极大地激发了中国民众的热情，引发了国内关注非物质文化遗产的热潮。为抢救和保护散落各地、数量众多的民俗民间文化，我国政府借鉴联合国教科文组织的做法，于 2006 年公布了第一批涵盖 10 个门类 518 个项目的国家级非物质文化遗产名录，并要求各省、市、县建立和公布相应的各级非物质文化遗产名录。由苏州市申报的以芦墟山歌、白茆山歌、河阳山歌等为典型代表的吴歌遗产项目成功入选十大门类中的民间文学类名录。江苏省、苏州市、苏州市下辖各区县也随之建立了相应的非物质文化遗产名录，芦墟山歌、白茆山歌、河阳山歌、双凤山歌、胜浦山歌、阳澄渔歌、白洋湾山歌、石湾山歌、张浦民歌、昆北民歌等苏州吴歌均相应地被纳入各级非物质文化遗产名录。

与物质文化遗产不同，非物质文化遗产不具有实物形态，因此掌握技艺、精髓的"人"便是保护与传承非物质文化遗产的重要载体。与非物质文化遗产名录体系相配套，2007 年，国家文化部公布了第一批民间文学、杂技与竞技、民间美术、传统手工技艺、传统医药等五大类的 226 名国家级非物质文化遗产代表性传承人名单，白茆山歌的传承人陆瑞英、芦墟山歌的传承人杨文英同时入选。此后，徐雪元、吕杏英、尹丽芬、沈建华、柯金海、陆福宝、李玉娥、吴叙忠、朱文华、何林妹等一批吴歌歌手也陆续入选省、市、县各级非物质文化遗产代表性传承人名单。各级非物质文化遗产代表性传承人的评选和认定在尊重、肯定吴歌代表性传承人重要价值的基础上，更鼓励和支持他们开展传习活动。各级名录的公布使人们对苏州吴歌的关注上升到一个前所未有的高度，同时也标志着苏州吴歌的保护与传承工作进入了系统化、科学化的新阶段。

（二）通过特色载体保障吴歌的保护与传承

山歌馆的建立是苏州吴歌保护与传承中的一大特色。1995 年，常熟白茆镇建成全国第一家山歌展示馆。该馆建筑面积 300 多平方米，其中山歌资料陈列室系统地反映了白茆山歌的历史和现状，包括收集到的山歌唱本手稿、历年举办的山歌活动和获奖情况等，馆内设有演出大厅，可以现场演唱或观看录像。2005年，吴江芦墟山歌馆建成，馆内划分为渊薮人文、源长史迹、卓越瑰宝、代继歌手、传世价值、高亢韵律等展示区域，置有可供歌手表演的小型舞台和山歌书刊实物资料的陈列柜。2010年，建筑面积近4000平方米、耗资3208万元的河阳山歌馆建成，该馆设有历史文物陈列馆、历史名人馆、民俗风情长廊、学术研究中心、培训学校、山歌演艺馆等十大功能场所，收藏了《斫竹歌》《圣关还魂》等河阳山歌的重要作品。作为综合性、多功能、现代化的文化设施，特色山歌馆集文物陈列、保存展览、山歌演艺、学术研究、歌手培训等功能于一体，为苏州吴歌的保护与传承提供了新的物质载体和发展空间。

为了教唱、传播吴歌，苏州各地纷纷组建自己的山歌队，比较有名的除了芦墟、白茆、河阳山歌队外，还有沙家浜镇石湾、园区胜浦、白洋湾街道等山歌队。例如，1998年成立的芦墟山歌队，队员分为70岁以上的老年山歌手、50岁~60岁的中年山歌手、20岁~40岁的青年山歌手和少儿歌手四个层次；白洋湾原生态山歌艺术团更是由20名平均年龄不到30岁的队员组成。作为吴歌文化宣传的主力军，各个山歌队常年坚持在当地进行创作演出，在传承吴歌、丰富群众生活、推动基层文化建设方面发挥着越来越大的作用。为从娃娃抓起，早在1995年，白茆中心小学就成立了少儿山歌艺术团；2002年，芦墟中心幼儿园进行了山歌教唱的尝试；还有的地方邀请传承人走进学校，一对一地培养娃娃山歌手，让"三岁小囡囡也会唱山歌"的美好愿景通过开办山歌班、在中小学甚至幼儿园进行教育传承这一特殊方式得以实现。

"只排不演，兴趣递减；只演不赛，无精打采。"近年来，苏州吴歌不断举办或参加各级重大民间文艺演出、比赛活动，影响轰动，成果颇丰。2006年，张家港凤凰镇举办"首届河阳山歌节暨第三届桃花节"，充分展示了河阳山歌的古韵今风，至2014年，"河阳山歌节"已成功举办四届。芦墟山歌自1998年以来，参加了"江、浙、沪山歌会串""中国艺术节"等多项比赛，并于2012年荣获"第六届中国原生态民歌大赛"铜奖。2014年，白洋湾山歌队带着作品《盘答歌》走出苏州，受邀参加"第五届北京端午文化节"，受到热烈欢迎和广泛好评。2015年6月24日—6月26日，"中国民间文化艺术之乡"民歌、山歌展演暨第十二届吴江区域文化联动在苏州市吴江区成功举办，原生态的苏州吴歌再次得到集中展示。各类山歌节、山歌比赛和对外展示，加强了吴歌与其他山歌的对话交流，更调动了山歌手的积极性和激发了当地群众的热情，促使他们主动参与吴歌保护、自觉传承吴歌文化。

（三）通过学术研究推动吴歌的保护与传承

1981年以来，江、浙、沪民间协作区先后举办了6次吴歌学术讨论会，发表论文共计171篇，这些论文总结了新时期吴歌研究的成果，内容涵盖吴歌的定义、范围、特征，以及吴歌与江南戏剧、曲艺、民间信仰的关系等多个方面。2003年，汪榕培与金煦等编译的《吴歌精华》一书利用苏州召开第27届世界遗产大会的机会走出国门，这是国内首次有目的地以研究成果的形式对外展示吴歌。近年来，苏州吴歌的整理和研究工作丝毫没有停滞，主要成果是《中国·白茆山歌集》《中国·芦墟山歌集》《中国·河阳山歌集》三大山歌集的编辑出版，它们的问世极大地丰富了苏州吴歌的作品内容，也为后续的研究提供了更全面的素材。此外，苏州吴歌还引起了联合国教科文组织以及欧美、日韩等地专家学者的关注，他们多次到苏州采风，考察吴歌的生存状况。其中，著名的有荷兰学者施聂姐的《中国民歌与民歌手：苏南山歌传统》，被誉为"西方学者详细介绍当代吴歌的第一部专著"。这些涉及吴歌起源与发展、特点与内涵、搜集与整理、传承与创新等全方位、多层次的学术研究，不仅丰富了吴歌的理论体系，更从实践层面提出了建议和举措，为保护与传承吴歌文化指明了科学方向。

二、保护与传承中面临的问题

"每一分钟，我们的田野里、山坳里、深邃的民间里，都有一些民间文化及其遗产消失，……它们失却得无声无息，好似烟消云散。"尽管苏州吴歌的保护与传承工作取得了一定的成效，却依然面临着依存环境破坏严重、传承乏人、观众群大量流失等亟须解决的问题。

（一）依存环境破坏严重

和大多数非物质文化遗产一样，苏州吴歌历经岁月磨砺仍能延续至今，原生态环境是其依存的根基所在。苏州素有"鱼米之乡"之称，吴歌就是在这样的稻田、水网环境中产生、发展，反映着江南所特有的农耕文明。然而，随着生产力的发展和城市化进程的推进，广阔农田不复存在，机械化生产取代原始的耕耘劳作，昔日作为精神食粮、娱乐工具的吴歌日渐被人淡忘。"现在让我站在田里，我也唱不出来。师父当年是边劳动边唱歌，和现在的环境不一样，而且农田也越来越少了。手不捏稻就唱不出那个歌了。"这是吴歌分支上海青浦田山歌传承人张小美的担心，也是苏州吴歌传承人的共同心声。

以白茆山歌所在地古里镇为例,2003 年白茆、古里、淼泉合并为古里镇时,耕地面积为 56 250 亩,2008 年全镇耕地面积减少至 41 273 亩,到 2014 年,耕地面积只剩 38 134 亩。近年来,苏州市政府更是计划将本市范围内原有的两万多个自然村保留至其中的十分之一,河阳山歌所在地张家港凤凰镇因为"三集中""三置换"的实施,甚至没有保留一个自然村落。"皮之不存,毛将焉附",依存环境的巨变不仅动摇了吴歌等吴文化所依赖的农耕基础,更打破了苏州农民千百年来基本不变的衣食住行方式,一系列的连锁反应使得苏州吴歌的生存空间日渐狭窄,不可避免地走向濒临消失的危险处境。

（二）传承乏人

和依存环境同样令人堪忧的还有吴歌传承人的"老化""断层"现象。"我年龄一天天大了,总有唱不动的那一天,如果没有人把这山歌继续传承下去,那就真的太可惜了。"这是国家级非物质文化遗产代表性传承人杨文英老师对吴歌传承现状的忧虑,同时也为我们敲响了警钟。"据调查,我国音乐类'非遗'传承人的平均年龄超过 70 岁,老龄化现象非常严重,一旦后继无人,将是无法弥补的损失。"当前,吴歌的各级传承人大都年逾古稀,而年轻的后继者寥寥无几,所以老一代的传承人不得不奋战在保护与传承吴歌的第一线,"口唱吴歌泪水淌,盼望吴歌再辉煌"。冯骥才先生曾经说:"传承人锐减是非物质文化遗产濒危的根本原因。"如果"老化""断层"的问题不加以重视、得不到解决的话,所有围绕苏州吴歌开展的保护与传承工作都无从谈起。

（三）观众群大量流失

观众和传承人的关系好比是"水"和"鱼"的关系，如果只有传承人的努力而没有观众的互动，苏州吴歌必将因为缺"水"而难以维系。在吴江、常熟、张家港、太仓等地区，笔者随机分发了 200 份调查问卷，结果发现仅有 21%的被调查者表示听说过吴歌，且大部分印象并不深刻；更让人担心的是，与外来人口对吴歌知之甚少的情况相比，本地居民特别是年轻一代对吴歌的了解也十分缺乏；与此同时，半数以上的被调查者委婉地表示对吴歌兴趣较小。失去了观众的认同和参与，吴歌的保护和传承工作将陷入更大的困境。

（四）偏"物态"轻"活态"

入选首批国家级非物质文化遗产名录是吴歌的一大幸事，然而被归为民间文学类别又多少有些遗憾。"歌无声不传"，苏州地区通常把吴歌称作"唱山歌"，音乐是吴歌得以一代代传承的重要载体。被誉为"山歌女王"的陆阿妹能够将《五姑娘》2000 多行的唱词从头至尾唱下来，靠的就是它所用的十几首曲调。吴歌的延续靠的是歌手的"活态"传唱，而不是对吴歌歌集的文本背诵。如果只重文本而轻传唱，那么吴歌必将因为缺乏生命活力而没落、消亡。

缺少音乐方面的相关记载和研究是吴歌的"软肋"，从古代的《乐府诗集》《山歌》，到近代的《吴歌甲集》《吴歌乙集》，再到现代的《吴歌精华》《吴歌遗产集萃》，各类歌本均只有大量的歌词而没有任何关于乐谱的记录。正因如此，在申报国家级非物质文化遗产项目时，申报者只能通过长篇叙事山歌及大量的吴歌集等文字记载作为支撑，促使吴歌最终被列为民间文学类别。音乐文献的缺失是吴歌的一大遗憾，加之传承人多处于文化底端，只能唱山歌，而不会用乐谱记载如何唱山歌的客观事实，造成吴歌偏"物态"文本、轻"活态"传唱的不平衡发展模式，也使得今人无法领略吴歌的别样精彩。

（五）新作品匮乏

经过持续多年的努力，吴歌的搜集整理工作取得了巨大的成效，各类山歌集几乎涵盖了苏州吴歌的所有作品。然而从时间的跨度来看，作品中多是古老、陈旧的题材。随着社会的发展，吴歌并没有与时俱进，其题材、内容、演唱方式都与当下脱节，反映时代旋律、勾勒当代生活的新作品更是越来越少。反观苏州的另一项地域文化——评弹，它不仅打破了传统的演出模式，做出开设广播书场、电视书场、网络书场等新形式的改变，而且在内容上紧跟时代步伐，将当代政治事件、传奇故事、好人善举等进行改编，从而吸引大量年轻观众，传承了评弹文化。如果不尝试新的表现手法，发掘、编排紧扣时代、贴近生活的新作品，那么吴歌将难以焕发新的生命力。

三、保护与传承面临问题的原因

依存环境破坏严重、传承断代、观众群大量流失等现状不仅是苏州吴歌面临的问题，也是所有非物质文化遗产面临的问题。所谓"树有根，水有源"，造成吴歌等非物质文化遗产堪忧现状的正是城市化、现代化、文化全球化、政府责任缺失、自身劣势等深层原因。

（一）城市化进程的影响

二十一世纪以来，我国各地进入城市化进程的高速发展阶段，苏州更是这一进程的典型和旗帜。城市化带来的最大影响就是农村耕地的减少和农村人口的集中居住。耕地和人口的变化打破了传统的农耕文明和乡村格局，引发了依存环境、生产方式、生活节奏、文化形态的改变，从根本上危及吴歌赖以生存的载体和空间。城市化虽然缩小了城乡的差距，给农民带来经济上的实惠，但也带来了一系列的问题，尤其是对文化遗产的破坏。在城乡一体化的背景下，地方政府"重经济，轻人文；重建设规模，轻整体协调；重攀高比低，轻传统特色；重表面文章，轻制度改良；重局部功效，轻长远目标"。这种没有将文化纳入城乡一体化通盘考虑的"不平衡"发展理念，直接导致地方政府对经济发展的投入远大于对文化事业的扶持。已经失去生存土壤，再缺乏地方政府的有效支持，吴歌等地域文化必然陷入进退两难，甚至被淘汰的尴尬处境。

（二）现代化的冲击

二十世纪以来，以"生产力解放""人性解放"为核心的现代化悄然改变着人类社会。历经千年的农耕文明逐渐被现代工业文明所取代，尤其是改革开放以来，随着苏州社会经济的快速发展，人们原有的生活娱乐方式、伦理价值观念发生了翻天覆地的变化，受其影响，衍生于农业社会的吴歌等传统文化面临被边缘化的危机。

吴歌是伴随着农耕时代生产生活的步伐产生并发展的。过去生活闭塞、资讯不畅，唱山歌成为人们排解苦闷、娱乐悦己的主要方式。现代社会则不同，快节奏的生活方式使人们更愿意以快捷、方便的方式来休闲娱乐、放松解压，因此多样化、新型化的娱乐工具、娱乐方式应运而生，选择电脑、手机等数码产品进行观影、网游、聊天、购物成为当前的时尚娱乐方式。拥有"声、光、电"立体效果的娱乐方式虽然极大地丰富了人们的日常生活、满足了人们的精神文化需求，却对跟不上时代步伐的传统文化造成前所未有的冲击。即便同样是唱歌这种娱乐方式，年轻人也更青睐节奏明快、元素多样的流行音乐，很难与曲调缓慢、唱法平实的传统吴歌产生共鸣。得不到观众尤其是年轻观众的认同和互动，无疑使吴歌陷入更大的窘境。

（三）文化全球化的威胁

当前，人类步入依托科技进步、知识经济的全球化时代，这种"全球化"的影响表现在经济、政治、文化、信息等领域。文化全球化往往不像经济全球化那样受到关注，而其"对当代中国文化建设的影响，则更为直接，更为深刻，也更为棘手"。1871年，英国学者泰勒在《原始文化》一书中提出文化的"单线进化论"，他认为，随着社会的发展，发达社会的文化必然取代低级社会的文化。这种割裂文化差异、强调文化同质的观点时至今日仍受到不少学者的追捧。

应该承认，经济全球化极大地推进了苏州的城乡发展。作为新兴的国际化城市以及全国率先发展的一面旗帜，苏州吸引了大量外资、合资企业的入驻，其中不乏 100 多家世界五百强企业。紧随经济全球化而来的是文化的冲突，现在的苏州是拥有七百多万外来人口和数十万外籍人口的全国第二大移民城市，文化碰撞、多元相处的现象尤为明显。和全国其他发达城市一样，代表强势、现代的西方文化一直在苏州处于主导地位，麦当劳、肯德基、好莱坞影片等蕴含西方典型价值观的文化元素无处不在，并深深渗入青年一代的意识当中。此外，吴歌等吴文化在面临文化全球化威胁时缺乏应变能力，从而在相对弱势的处境中渐渐失去自强意识和发展方向，最终难逃被强势文化消解的结局。这种文化全球化的危险趋势给我们敲响了警钟，当我们在不知不觉中认可文化趋同，并对西方文化产生依附时，是否担忧过吴歌等代表民族的、传统的中国文化的命运。

（四）价值观念的改变

吴歌的传承主要通过师傅带徒弟的方式，或者拜"兴趣"为师，多听、多唱、多悟，自学成才。无论哪种方式，现在找人传下去都是件难事，更不用说感兴趣的人了。相比较吴歌等传统文化的可有可无，在"学历论""实用论"思想的影响下，人们普遍认为考一所好的大学、掌握一门应用技能才是年轻人在未来的社会竞争中生存和发展的根本。青年人树立不了对本民族传统文化的自豪感，学校同样忽略了坚守文化的责任、忽略了对青年人进行文化认同教育。近年来，常熟、吴江等地在幼儿园、小学成立了山歌班，为的就是从娃娃抓起，缓解传承断代的危机。然而，这样的山歌班在初中、高中甚至大学还会继续开办吗？在应试教育的背景下，这样的模式还能坚持走多远？这些问题值得我们深思。此外，现代社会的价值取向加深了人们对吴歌的偏见。吴歌是"泥巴里的产物"，传统吴歌的内容局限于农村劳动人民日常所见的题材，其语言更是难登大雅之堂。国家级非物质文化遗产代表性传承人杨文英毫不讳言传统吴歌歌词中包含着大量"低俗"语言。正是这种草根性质，吴歌被认为是一种过时、落后的文化，一个被打上标签的"下里巴人"是很难被推崇"高、大、上"价值标准的现代人所接受并愿意保护和传承的。

（五）保护机制的不完善

苏州是吴歌的中心地，当地政府作为责任主体，充分认识到这一文化遗产的特殊意义，对其采取多种措施予以保护，并取得了一定的成效。然而，与同在苏州且保护与传承工作更加完善的昆曲、评弹相比，吴歌的复兴之路还有很远。首先，苏州吴歌的保护缺乏权威性、强制性的法律条文和行政条例，相关部门没有从科学规划的角度建立和完善一套符合苏州吴歌实际情况的长远、全面、有效的保护机制。其次，在苏州吴歌的保护工作中，各级政府虽然投入了一定的资金，但杯水车薪，远远满足不了这项文化工程的构建要求。最后，相关部门存在"重申报、轻保护"的错误认识，在非物质文化遗产"国家、省、市、县"四级保护体系中，得到重视和扶持的往往是河阳山歌、白茆山歌、芦墟山歌这三个国家级项目，其他级别的项目则远远不如它们，至于名录之外的吴歌更是无人问津，只能随着时间的推移而消逝。笔者在调查中发现，即便是作为国家级非物质文化遗产的三大山歌，当地所开展的大型活动往往只集中在"文化遗产日"期间，或者是把山歌作为地方商业活动的附庸，为经济"唱戏"，这种"醉翁之意不在酒"的保护理念是不少地方政府所提倡和坚持的。

（六）吴歌自身的短板

除了现代娱乐方式的吸引，造成观众群大量流失的原因还有吴歌自身的缺陷。首先，受到本土方言的限制。吴语是吴歌的特殊载体，没有"软、糯、甜、媚"的吴语，吴歌便无从唱起。然而，吴语的备受冷落、严重萎缩已是客观存在的事实。其次，城市化的推进让乡村的人涌入城市、让小城镇的人涌进大都市，来自不同地域的人必然要选择一种共同语言进行交流沟通。最后，在国家大力提倡、推广普通话的今天，能够讲一口地道苏州话的人越来越少，很多土生土长的苏州娃娃甚至连苏州话都不会说。没有了原先的语境和"听"与"说"的人，本土方言的使用空间便变得狭窄，以方言为载体的地域文化也随之日渐没落。从某种程度上讲，本土方言是人和地域文化沟通的媒介和纽带。要想唱山歌，必须先会讲吴语；要想听山歌，必须先听得懂吴语。而吴歌的悖论正在于此：丢下了吴语，也就没有了特色；保持了特色，也就树立了门槛，将潜在的传承人和观众群隔离、排斥在门外。

四、保护与传承的对策

苏州吴歌的保护与传承工作任重道远，我们应该遵循"保护为主、抢救第一、合理利用、传承发展"的原则，借鉴其他国家和地区在非物质文化遗产保护工作中的成功做法，探索创新苏州吴歌保护与传承的新路径，引导依存于农耕文明的非物质文化遗产走出困局、走向未来。

（一）健全和深化以人为本的吴歌传承机制

传承人是非物质文化遗产立足和发展的希望。目前，绝大多数省市采取命名、授予荣誉、表彰奖励、发放补助等方式，鼓励传承人进行传习活动，这样的保护方式已经初见成效，但传承机制的问题依然需要深化。

首先，吴歌传承机制要重视传承群体的地位。因为抢救保护的紧迫性和经济实力的限制，国家往往以表格式的自行申请方式或者被推荐的方式认定吴歌等非物质文化遗产的传承人。然而，吴歌毕竟是一项集体艺术，大多数吴歌手生活在民间，文化水平不高，有的甚至大字不识，更不用说了解相关制度了，这种突出个人代表性的认定机制造成大量的吴歌手被埋没在民间。因此，在深化吴歌传承机制时，应该打破吴歌各级传承人均是个体的约束，尽可能地考虑传承群体的特殊性，实现代表性传承人认定标准到群体性传承人认定标准的转变，通过充分调动传承群体的力量来延续吴歌的生命力。

其次，吴歌传承机制要加大对各级代表性传承人的监管。缺乏监管是当前非物质文化遗产传承机制中又一亟待解决的难题。在给予代表性传承人表彰和资助的同时，各级政府也必须对其进行监督管理，要求其承担相应的传承义务。对于积极有效开展吴歌传承活动的传承人，政府要加大表彰和资助力度；对于不能胜任吴歌传承工作的传承人，政府要及时取消其传承人资格，只有建立"进入"和"退出"的双重机制，才能实现对吴歌传承的长效管理。

最后，吴歌传承机制要致力于"接班人"的培养。代表性传承人的重要地位毋庸置疑，但是其老年化现象令人堪忧。据统计，苏州现有的非物质文化遗产市级以上代表性传承人的平均年龄是 65 岁，其中国家级代表性传承人的平均年龄甚至超过 70 岁。因此，要想使吴歌薪火相传，避免"人亡歌息"的危机，就必须在传承机制中注重对传承人的引导和培养。例如，对苏州籍的吴歌传承人、学艺者进行专项资助和荣誉表彰；非苏州籍的传承人、学艺者可以享受落户苏州的政策，并纳入当地个人养老保险和医疗保险参保范围，以解决他们的后顾之忧。总之，留住、吸引更多的传承人、学艺者参与其中，才能从根本上走出吴歌"后继乏人"的困局。

（二）与高校共同培养青年受众

青年受众的培养是事关吴歌生存发展的大计，没有青年受众，吴歌就没有未来。青年中最重要的是大学生群体，他们的知识结构、文化修养相对较高，加之其所在的高校本身肩负着传承文化的历史使命，这为吴歌等非物质文化遗产走进高校、在大学生群体中深入开展普及工作提供了最佳的契合点。

第一，可以邀请苏州吴歌的各级代表性传承人进高校举办讲座、进行演出。讲座和演出可以拉近传承人和大学生的距离，知识结构、文化修养的优势可以逐渐唤起大学生对吴歌等非物质文化遗产的关注，并形成一定的紧迫感，最终自发地由普通观众转变为保护与传承的实践者；传承人也会因成为大学生群体的焦点而倍感自豪，从而更加努力地将歌声、技艺传承下去。

第二，把吴歌引入地方高校的教学体系，在艺术类专业中科学设置相关课程。地方高校应该加强专业教师与吴歌传承人的交流沟通，结合专业教师的理论优势和吴歌传承人的实践经验，共同指导完成吴歌课程的设置和教学。

第三，鼓励学生成立吴歌文化艺术社团。通过吴歌文化艺术社团的影响，可以吸引更多的大学生关注吴歌、关注非物质文化遗产。同时，可以邀请吴歌传承人、高校专业教师担任社团的指导老师，编排完全由学生参演的吴歌节目，在校园中进行汇报演出，水平高的节目还可推荐参加省级甚至国家级的大学生艺术展演活动，进一步提高吴歌在大学生群体中的知名度。

第四，发动学生参与吴歌保护的具体实践。近年来，苏州的一些高校与地方合作，搭建了如"苏南地方音乐白茆山歌研究基地""白洋湾山歌教学实践研究基地""胜浦山歌研究基地""阳澄湖渔歌实践基地"等集传播、教育、研究于一体的综合平台。高校应该利用基地平台，组织安排大学生走进吴歌、零距离接触传承人，通过主动学唱体味吴歌文化魅力，通过认真调研提出吴歌保护对策，通过学校教育与民间体验、理论知识与实践行动的紧密结合，最终实现吴歌的动态、有效传承。

（三）创新吴歌的内容和形式

十九大报告指出："要坚持为人民服务、为社会主义服务，坚持百花齐放、百家争鸣，坚持创造性转化、创新性发展，不断铸就中华文化新辉煌。"吴歌等非物质文化遗产要想保持长盛不衰的文化魅力，除了坚持固有的传统精髓，还要准确把握时代脉搏，不断探索创新。

首先，要创新吴歌的内容。通过吴歌的发展历程不难看出，在保持曲调相对稳定的基础上，吴歌的歌词一直随着时代的变迁、地域的差异、山歌手的即兴创作而不断更新。二十世纪三十年代的《天涯歌女》《四季歌》、二十世纪八十年代的《太湖美》《边疆的泉水清又纯》等著名歌曲的流行，都是因为在引用、借鉴吴歌曲调的同时，根据当时的社会现实，填入新词，创新内容，才取得唱遍全国、脍炙人口的效果。以往的成功做法提醒我们，只有坚持与时俱进、内容创新，深入挖掘诸如反映新农村生活、城乡巨变的题材和元素，积极创作贴近时代、贴近生活、贴近群众的新作品，才能帮助吴歌渡过难关，重获生机。

其次，要创新吴歌的形式。吴歌可以加大与流行文化、现代艺术的融合，利用现代化手段丰富、改造原有的旋律、节奏和唱法，在形式上满足现代媒体的传播要求，在效果上满足大众的视觉、听觉要求，拉近彼此的距离；可以尝试融山歌、舞蹈、乐器、方言、水乡服饰、生态场景为一体的表现方式以焕发吴歌活力，吸引当代观众的青睐。

当然，无论是内容的创新还是形式的创新，都要以守住吴歌的"文化基因"为前提，即抢救和保护原生态的吴歌永远是第一位的。任何创新都必须立足吴歌的特质、遵循吴歌的发展规律，否则以自己的想法强加于吴歌的创新过程，刻意掺入一些流行元素以取悦当下的价值取向，最终只会适得其反，扭曲吴歌创新的真正内涵。

第二节　吴歌在高校的传承之路

2006 年，吴歌经国务院批准列入首批国家级非物质文化遗产名录。它穿越数千年时光，承载着一个民族的文化传统和人文精神，凝聚了这个民族的深层文化基因和精神之魂。随着农耕社会的解体，曾广为流传的山歌在田野上已成绝响，以山歌休闲解闷、协同劳作、娱乐消遣的文化环境已不复存在。吴地山歌不仅渐渐被人们淡忘，更面临着存亡的挑战。因此，采取合理有效的措施对吴歌进行妥善保护和传承，是一项迫在眉睫的任务。就苏州地区而言，从二十世纪五十年代开始，通过对常熟的白茆山歌、太仓的双凤山歌、吴江的芦墟山歌、张家港的河阳山歌、工业园区的胜蒲山歌、金阊区的白洋湾山歌等的发掘、搜集和整理，为吴歌的研究开启了一片新天地。

一、高校应挑起传承吴歌的重担

高校作为传承文化的载体，具有传授知识、传承文化的责任，同时也符合我国开展"非遗"保护工作的内在要求。高校是高素质文化人才的聚集之地，以自身丰厚的学术优势积极探索吴歌保护和实践与理论相结合的研究工作，具有得天独厚的条件和优势。高校作为义不容辞的参与主体，应发挥自身学术优势，积极投身到"非遗"保护与传承工作的行列中，将其与地方"非遗"特色相结合，并寻找到二者的最佳切合点。因此，将高校打造成为

"非遗"保护与发展的有效平台，在整个保护与传承过程中拥有举足轻重的作用。

近年来，苏州地区的一些高校在自觉承担"非遗吴歌"的保护和传承工作中，发挥了重要作用：

（一）建立吴歌的教育教学实践基地

在常熟古里镇有高校的苏南地方音乐白茆山歌研究基地；在白洋湾社区有高校的"白洋湾山歌教学实践研究基地"；还有胜浦山歌研究基地、阳澄湖渔歌实践基地；等等，这些基地的创立，搭建起了高校与地方长期合作的平台，使彼此间的联系固定下来，共同为吴歌的建设与发展做贡献。吴歌的保护不单是指传承，它还是集传播、教育、科学研究等于一体的系统性综合体系。

（二）开设高校吴歌教学课程

当今社会是信息化、媒体化时代，大学生被各种新潮时尚及外来的艺术形式所吸引，对于艺术欣赏与审美的选择也越来越多，这为吴歌的传承与普及带来了挑战。将吴歌这一地方民间音乐列入高校课程，让学生通过固定的课程体系强化学习，从而可以更好地了解吴歌的价值及意义，唤起他们对吴歌全面正确的认识，形成保护的紧迫感，最终将吴歌的传承意向付诸实践。

（三）高校教师参与吴歌研究

吴歌的保护工作和持续发展要实现重点突破与全面推进双结合，就必然需要高校教师的学术理论支持。近些年，苏州高校一些音乐教师在吴歌研究领域取得了不少科研成果，这些成果使教师们的学术研究与政府需要紧密结合，实现了研究成果的转化。

（四）大学生参与吴歌研究

大学生也具有良好的学术理论基础，拥有创新实践能力和灵活的思维方式，是吴歌保护与传承的中坚力量。通过正确引导，大学生的潜能完全可以被挖掘出来，苏州高校学生撰写的文章分别发表在省市级期刊上，申报的《白茆山歌传人专访》《吴歌传承人现状调研》等科研课题均获江苏省大学生实践创新训练计划批准立项。大学生作为一种动态传承力量参与到吴歌保护与传承工作中，其作用不可估量，尤其是音乐教育专业的学生，毕业后多数将从事音乐教育工作，作为中小学"准音乐教师"的他们所掌握的保护吴歌的更多知识，将会以几何裂变的方式迅速传播、扩散，使得一代甚至几代中小学生从小就树立起吴歌保护和传承意识。所以，大学生参与吴歌保护传承工作是功在当前、利在千秋。

（五）引进来与走出去

苏州一些高校在吴歌保护与传承工作具体实施过程中，非常注重与社会各界专家学者、民间艺人的交流沟通。他们把吴歌专家学者请进来做学术报告，把吴歌传承人聘为教师为学生上课，把泥土芳香的原味民歌带进课堂。此外，他们还多次组织师生采风团队深入乡村田野，搜集、聆听、感受原生态的吴歌资源，感受吴歌生存的环境和方式，更加直观、形象地接触吴歌，身临其境地体会吴歌的艺术魅力，从而使吴歌价值与传承意义深深植入教师与学生的内心。

二、高校资源应为吴歌传承所为

目前，吴歌的保护与传承工作在政府、文化部门等社会各界的共同努力下，虽已取得了明显成效，但有不足，如山歌配有的曲谱寥寥无几。这一现象普遍存在于整个吴歌保护工作的大盘中，成为吴歌保护与传承工作的"软肋"，严重影响了吴歌的传播。吴歌的保护与传承发展一定要与高校的专业音乐人才合作，使吴歌的文学与音乐"两条腿"同时走路，只有这样，才能越走越稳、越走越远。

（一）编辑吴歌歌曲辑，录制吴歌传承人的 MTV

吴歌生存的根本问题不仅在于传承问题，更集中地体现在怎样实现真正意义上的活态传承。针对吴歌少谱多词的传承现状，高校要主动派专业教师为吴歌记录专业曲谱。山歌是用来听和唱的，而不是用来看的，带有曲谱的吴歌才是真正完整的。为使吴歌更快地被认知、更好地被接受、更有效地被保护、更广泛地传播和传承，高校可通过 MIDI 音乐制作等高科技手段协助吴歌传承人录制 MTV，将录制好的 MTV 制作成光盘、音频、视频等多媒体形式，它可以让人们反复聆听欣赏、反复学习模仿，并为教学带来方便，使学生更加直接、更加省时、更加灵活地学习吴歌。同时，也为吴歌在国内国际传播发挥重要作用。

（二）鼓励学生积极开展吴歌采风并参与演出活动

大学生是吴歌保护与传承的主力军。高校可以开展形式多样的艺术实践活动，激发学生对吴歌的热爱之情，如组织安排一定规模的田园采风，考察吴歌音乐的形式、风格及特点，捕捉吴歌音乐资源，用现代化科技手段记录原汁原味的吴歌素材。此外，还要鼓励大学生参与吴歌课题研究、论文撰写；定期举办"吴歌采风文章评选""吴歌演唱比赛"等活动；建立"吴歌艺术团"；运用吴歌曲调，改编创作一些既具有吴歌乡土特色、又融有现代音乐元素的精品节目。

总之，地方高校在吴歌保护与传承工作中以不可替代的地位成为连接学术理论与民间话语的重要桥梁。高校除了对吴歌进行文化发掘、收集、记录，为保护和开发吴歌提供智力资源、培养人才外，还要为推动区域文化产业和经济一体化发展提供政策参考。如何让高校吴歌保护工作趋于正规化、科学化、实践化，如何让高校成为吴歌保护的有效平台，仍将是一个需要不断协调、探讨的问题。

第三节 从冯梦龙《山歌》谈吴歌的传承

冯梦龙在收集整理民歌时，态度十分认真严肃。他选择的标准是"情真"，即要有真情实感；同时，也注重语言、韵律、声腔和风格特色。在采集时，他基本保持了民歌的原样，即使有个别改动，也大都用附注说明。对于有些幽僻的方言，他或用眉批标出字音、字义，或在末尾点明方言俗语的意思。因为民众没有曲律知识，他们唱歌只凭自己的感觉，所以唱词总有不协之处，冯梦龙只是做了一些纠偏补弊工作。万历三十八年（1610），冯梦龙的《挂枝儿》（又名《童痴一弄》）一刊印问世，即受到各方重视，"冯生挂枝儿，誉满天下"，不少人"靡然倾动，至有覆家破产者"。但同时他也受到社会上一部分正统文人的攻击，连他的父兄也"群起而讦之"。然而，冯梦龙并不气馁胆怯，接着又续编了《山歌》一书。冯梦龙编的《山歌》（又名《童痴二弄》），实际上是一部以苏州为中心的吴语地区民间歌谣总集。它多用吴语，是现存明代民歌中保存吴地山歌数量最多的，也是我国历史上比较系统的民歌专集。

《辞源》载："山歌，榜人（舟子）所歌，吴（苏州一带）人多能之，即所谓水调也。"在农耕时代，山歌是一种自娱自乐的载体，它既丰富了乡间单调的农村生活，又给劳累田间的农民以鼓劲打气。它一边传唱着吴地的风俗物产，一边起着教化民众的作用。苏州地处吴语地区的中心，也是吴歌创作与传唱的中心。冯梦龙生活在苏州，搜集整理《山歌》，自然有其得天独厚的条件。他辑注的《山歌》全书十卷六类。私情四句、杂咏两句、私情旧体、私情长歌、杂咏长歌、桐城时兴歌，计359首，不过现流行的传经堂本只有345首，国学珍本节库本只有259首。最短的七言四句，最长的《烧香娘娘》1460余言。从内容看，有反映市民生活的，有描写劳动生产的，但绝大多数是情歌。

冯梦龙收集的民歌的内容之所以大多是爱情生活，是由民歌的实际内容决定的。生息繁衍后代，是人类社会的第一要义。当人类告别自己的童年、家庭成为社会的细胞后，便产生了只有人类才有的感情——情爱。即使是在阶级压迫极端残酷、经济生活十分贫困、战争十分惨苦的年代，人类的情爱生活也不会停止，这便是民歌中大都是爱情内容的根本原因。特别是在封建礼教的统治下，女子没有机会结识异性，一直信奉的是"父母之命、媒妁之言"。一个女子跟自己的丈夫通常是没有爱情的，她们要求改变呆滞寡闻的生活常规，追求解放，向往以爱情为基础的美满婚姻。从冯梦龙收集的山歌中，我们触摸到的是吴地青年男女大胆追求幸福爱情的一颗颗鲜活的心。《山歌》对爱情的歌唱粗犷热烈、纯真朴素、一往情深，表现了人民反对封建礼教束缚，要求自由婚姻、个性解放的强烈心声，具有高度的艺术技巧和魅人的力量。

冯梦龙的《山歌》还包含了吴地饮食文化、妇女服饰、民间文化娱乐及节庆活动等丰富的内容，从中可以看到明代吴语地区的风俗民情，对研究民歌的发展以及明代社会生活均有参考作用。特别是书前编者所写的《叙山歌》及书中大量评注，更是研究冯梦龙民间文艺思想的重要资料，也是冯梦龙对中国民歌乃至中国俗文化的贡献所在。

我国有史以来，对吴歌的理论研究及文字记载十分有限，这与历代上层社会对民间文化的偏见有关。在封建社会里，山歌被贬为"下里巴人"，不登大雅之堂。直到"五四"前后，随着新文化运动的崛起，以鲁迅为代表的一批具有先进思想的新知识分子将视角投向民间，民间文化才逐步受到重视，歌谣运动成为当时民主运动的一个组成部分，轰轰烈烈地开展起来。以北京大学创办的《歌谣》周刊为引领，打破封建文化桎梏，让平民百姓的歌谣登上舞台，成为学术研究的对象。顾颉刚编印的《吴歌甲集》及之后的《吴歌乙集》《吴歌丙集》《吴歌丁集》《吴歌戊集》《吴歌己集》《吴歌小史》等，为冯梦龙之后的又一壮举，在中国歌谣史上占有重要地位。

新中国成立以来，苏州地区在吴歌的挖掘、传承与发展方面做了大量工作。1952 年，苏南地区开展了大规模的民间音乐采风活动，《解放日报》记者郑煌在吴江农村进行"抗美援朝爱国日"采访时，第一次从农妇口中把长篇吴歌《五姑娘》完整地记录下来；1956 年常熟县村村建立山歌队，并自1958 年起多次举办"万人山歌会"；1979 年，苏州市文联编了《吴歌新集》，之后常熟县的《民歌十二首》、吴江县的《吴江民歌》相继出版；1981 年，苏州市民间文艺家协会开始搜集纪录长篇叙事山歌《五姑娘》，并于同年在苏州召开的江、浙、沪首次吴歌学术讨论会上推出；1983 年，苏州郊区长青乡发现吴歌《赵圣关》，吴县镇湖乡发现长歌《孟姜女》，等等，同年，第二次吴歌学术讨论会在吴县召开；1984 年，苏州市文联和市民间文艺家协会编辑的《吴歌》出版；1987 年，中国俗文学学会在苏州召开"冯梦龙学术讨论会"；1989 年，吴歌学会编纂的《江南十大民间叙事诗》出版；1994 年，苏州民俗博物馆开设"吴歌厅"；1995 年，建成全国首家山歌馆——白茆山歌馆；2000 年，常熟市发现长篇叙事山歌《白六姐》；2002 年至今，《中国·白茆山歌集》《吴歌精华》《吴歌遗产集萃》《中国·芦墟山歌集》《中国·吴歌论坛》《水乡情歌》《阳澄渔歌》《中国·同里宣卷集》等相继出版。此间，每个县、市都编印、出版了自己的吴歌集成，甚至有不少乡镇也都有自己的民歌集、山歌谱。

2006 年，吴歌被列为首批国家非物质文化遗产名录，苏州各级基层政府更加重视对民间文化的挖掘保护。

如常熟市沙家浜镇，由文化站牵头，组成专业班子，深入石湾村，经过一年多时间的努力，找到民歌手 40 多名，从他们口中搜集到各类山歌 400 多首。除文字资料外，还记录下曲谱，并出版了《石湾山歌集成》。他们又将这些山歌手请进景区，为景区增添了一道亮丽的风景线。近年，这些山歌手还分别带有徒弟，保证了山歌的传承和发展。

姑苏区白洋湾街道的居民，原来大都是农民，街道组织了大学生村官进行社会调查，对民间流传的山歌、故事进行搜集，组织山歌手们座谈、献唱。经过两年时间的挖掘、整理，搜集到各种山歌 100 余首，还组建了一支居民山歌队。

苏州相城区的阳澄湖镇，以盛产大闸蟹闻名，但那里的"阳澄渔歌"也蜚声文坛，且有其独特的水乡风情。二十世纪八十年代，吴县文化馆、苏州市文联就组织专人进行采风，发现了一批山歌手，对散落在民间的渔歌进行了挖掘、整理。近年，地方政府和文化部门加大力度培养新人，注重传承。2007年，相城区文联、阳澄湖镇政府联合编印了《阳澄渔歌》专集。

2011年，冯梦龙故里——相城区黄埭镇冯埂上，被中国社科院文研所、江苏省民间文艺家协会和复旦大学分别列为冯梦龙的研究基地、采风基地和研究生社会实践基地，在民间文学（包括吴歌）的挖掘、保护方面取得了一定成果。2015年，黄埭镇组建了冯梦龙山歌艺术团，改编、创作了一批有关冯梦龙的山歌；连续举办两届"江苏省冯梦龙山歌会"；开展"冯梦龙文化进校园——中小学生唱山歌活动"；举办了"苏州市冯梦龙山歌达人赛"；等等。在冯梦龙的家乡，场头、田头、街头、公园、校园、小区，到处都能听到冯梦龙的山歌。

吴歌在漫长的历史发展过程中，也是不断地发展变化的。作为历史文化遗产，它有顽强的生命力和永久的艺术魅力。它的发展变化，体现了时代特征。冯梦龙的山歌以情歌为多，劳动人民通过唱山歌用以抒发感情、表达爱情、消除疲劳、愉悦身心。随着时代的变迁，人们生活方式的改变，山歌同样发生了很大的变化：在演唱内容上，以健康向上为主，保留原来山歌风趣幽默、含蓄诙谐、富有乡土味的特点，唱发展形势，唱新人新事；在音乐旋律上，改原来的低沉缓慢为高亢嘹亮；在演出形式上，改原来的无伴奏独唱、对唱为有伴舞、伴唱；在演出场合上，改原来的田头、场头为专题歌会或舞台演出，灯光、道具、服饰等一应俱全。

改革开放以来，吴歌在保护、传承方面取得了很大的成绩。但应该看到，民间依然留存着许多珍贵的吴歌遗存，挖掘、保护还大有工作可做，发展、创新更是我们的职责。

第四节　鲍照婚恋诗对东晋南朝
吴歌的承变

在鲍照 204 首诗歌当中，婚恋题材的诗歌有 59 首。这些婚恋诗在形式结构、内容情感、表现手法上体现了对东晋南朝吴歌的继承和创新。在形式结构上，一方面继承了五言四句的形式，另一方面将组诗发展为拟乐府诗，将五言诗变化为七言诗；在内容情感上，继承吴歌男女爱慕、相思、誓言之诗，开拓夫妻之诗、兴寄之诗；在表现手法上，继承吴歌的含蓄手法，发展兴寄象征手法，雕琢华丽晦涩的语言，述写郑卫之音。

"鲍照材力标举，凌厉当年，如五丁凿山，开人世之所未有。当其得意时，直前挥霍，目无坚壁矣。骏马轻貂，雕弓短剑，秋风落日，驰骋平冈，可以想此君意气所在。"陆时雍《诗镜总论》对鲍照的赞扬并非过誉之词，鲍照戎行诗、社会诗大有"俊逸鲍参军"的气质。除此之外，鲍照诗歌中有大量婚恋诗，这些诗在风格上和鲍照其他诗歌与众不同，在形式结构、内容情感、表现手法上都对东晋南朝吴歌有一定的承变。

一、鲍照婚恋诗对东晋南朝吴歌的继承

婚恋诗是指描写爱情和婚姻家庭的所有诗歌。据丁福林《鲍照研究》："在鲍照现存诗歌中，有关婚姻爱情题材的有五十首左右，约占他全部二百

零四首诗作中的四分之一。"

笔者据钱仲联《鲍参军集注》统计其婚恋诗共 59 首，这类诗可分为三种：其一，对异性的爱慕、相思、誓言之诗；其二，夫妻之间的思念之诗；其三，借男女之情发兴寄之诗。

丁福林《鲍照研究》载："鲍照的先世由徐州东海移居至乔立于京口的南东海郡，而后又在元嘉十一年之前由京口而移居至当时的京都建康。"而吴歌的流行地正是建业。建业是六朝的政治、经济、文化中心，移居建康的鲍照在流行吴歌的影响下，其婚恋诗的创作对吴歌有很大的承变。

在形式上，鲍照婚恋诗继承了东晋南朝吴歌以四句五言为主的形式，这种四句五言诗实际上是继承了汉乐府的形式特点。在结构上，鲍照婚恋诗多采取吴歌组诗回还的结构。"鲍照对乐府民歌进行了大量的模仿。有《吴歌》三首、《采菱歌》七首、《幽兰》五首、《代白纻舞歌辞》其三、《代白纻曲》其二，《中兴歌》十首与《子夜四时歌》如出一辙。"现将鲍照《吴歌》三首与吴歌《碧玉歌》三首比较：

> 夏日樊城岸，曹公却夜戍。但观流水还，识是侬流下。（《吴歌》其一）
>
> 下口樊城岸，曹公却月楼。观见流水还，识是侬泪流。（《吴歌》其二）
>
> 人言荆江狭，荆江定自阔。五两了无闻，风声那得达。（《吴歌》其三）
>
> 碧玉破瓜时，郎为情颠倒。芙蓉陵霜荣，秋容故尚好。（《碧玉歌》其一）
>
> 碧玉小家女，不敢攀贵德。感郎千金意，惭无倾城色。（《碧玉歌》其二）
>
> 碧玉小家女，不敢攀贵德。感郎意气重，遂得结金兰。（《碧玉歌》其三）

通过比较可知，《吴歌》与《碧玉歌》在形式上均为五言四句，在结构上均为组诗三首。《碧玉歌》其二、其三仅将"千金意"改为"意气重"、"惭无倾城色"改为"遂得结金兰"便创成两诗。《吴歌》其一、其二也只改动几字便成两诗。三首组诗情感不变,意味深长。除此之外,据王青,李敦庆编《两汉魏晋南北朝民歌集》所录吴歌可知,组诗在吴歌中所占比例很大,如《读曲歌》八十九首,《子夜歌》四十二首,《华山畿》二十五首,《懊侬歌》十四首,《前溪歌》七首,《阿子歌》三首。同样,在鲍照59首的婚恋诗中,仿吴歌体例的诗歌就有15首。由此观之,鲍照婚恋诗继承了吴歌的五言四句组诗的形式特点。

产生于民间的吴歌,其内容"儿女情多,风云气少"。萧涤非在《汉魏六朝乐府文学史》中所说的"南朝则纯为一种以女性为中心之艳情讴歌,几于千篇一律……总之千变万转,不出相思"也证实了这点。吴歌多描写男女爱情,情感缠绵悱恻,离愁相思片刻不离笺纸。如《华山畿》其十二:"啼相忆,泪如漏刻水,昼夜流不息。"将泪比作漏刻水,有种"恰是一江春水向东流"的无限思念和悲戚之感。《华山畿》其十五:"一坐复一起,黄昏人定后,许时不来已。""一坐一起",已将女子等待不安、焦灼的相思味展现得淋漓尽致。《华山畿》其二十四:"长鸣鸡,谁知浓念汝,独向空中啼。"以鸡鸣之声,牵引心中怀汤火的悲鸣愁思之情。又如《子夜歌》其十:"自从别郎来,何日不咨嗟。黄檗郁成林,当奈苦心多。"情质婉约,明白晓畅。四首诗均表现相思,娓娓道来,多表现深婉相思之情。

南朝梁萧子显评鲍照诗"五色之有红紫,八音之有郑卫"。袁仄《中国服装史》引《淮南子·原道训》云:"色之数不过五,而五色之变不可胜观也。"正色所调出的"朱"为正色,其他诸如"红紫"则为间色。又有淫乱之音"郑卫乱雅",而萧子显以"红紫""郑卫"比兴鲍照诗,则体现出在"诗言志，歌咏言"的时代，对鲍照婚恋诗绮靡内容、缠绵情感的指摘和鄙夷，从侧面表明鲍照婚恋诗继承了吴歌的缠绵悱恻之情、婉转深衷之思。如《幽兰五首》：

倾辉引暮色，孤景留思颜。梅歇春欲罢，期渡往不还。（《幽兰五首》其一）

帘委兰蕙露，帐含桃李风。揽带昔何道，坐令芳节终。（《幽兰五首》其二）

结佩徒分明，抱梁辄乖忤。华落知不终，空愁坐相误。（《幽兰五首》其三）

眇眇蛸挂网，漠漠蚕弄丝。空惭不自信，怯与君画期。（《幽兰五首》其四）

陈国郑东门，古今共所知。长袖暂徘徊，驷马停路歧。（《幽兰五首》其五）

这五首诗，描摹了五种不同的画面，处处见思，分分见情。第一首诗是写春日夕阳之时，女子孤坐独等归人的景象。暮色中投，思言难寄。冬去春来，期逝不至。短短数语，只见暮色幽辉之下一个孤寂的背影，在梅花渐落之时黯然伤神。一种孤寂、悲思、浓郁的思念涌入心潮。第二首诗是写女子独坐等待，已觉韶华已逝的悲哀。"兰蕙""桃李""帐含"一方面写出女子的容颜"灼灼其华"，另一方面点出该诗的节气、地点——春季深闺。"坐令芳节终"中的"终"字，将"逝者如斯"的时间凝缩在女子的无尽等待当中。第三首是写女子因情人失约而产生的幽怨之情。第四首是写女子因不自信，怯与情人约会的矛盾心理。"蟏蛸在户，伊威在室"本为喜事，"街巷纷漠漠"

指蚕丝不断。蚕丝不断，心事不断，刻画了尤为不自信的女子形象，有种小家碧玉羞涩之态。第五首则是写女子想象双方在陈郑之地幽会时的情景。这五首诗表现的情感细致深刻，一曰"不还"，二叹"芳终"，三感"空愁"，四言"心怯"，五话"难别"。与王勃在《送杜少府之任蜀州》中"无为在歧路，儿女共沾巾"的情感如出一辙。支离破碎的情，不堪等待。"就连为统治阶级点缀歌舞升平场面的《中兴歌》，其中第四首也盛写女子仪态：'白日照前窗，玲珑绮罗中。美人掩轻扇，含思歌春风。'"也表现了这点。由上可知，鲍照婚恋诗中的男女爱慕、相思、誓言之诗吸收了吴歌浓郁的内容情感。

在表现手法上，鲍照婚恋诗继承了吴歌婉转含蓄的比兴手法。《诗经》开创了比兴手法，吴歌和鲍照婚恋诗也先后吸收了这样的表现手法，如《子夜歌》其三十二："惊风急素柯，白日渐微萌。"《子夜春歌》其三："广风流月初，新林锦花舒。"《读曲歌》其二十五："芳萱初生时，知是无忧草。"都用了渲染的手法。鲍照婚恋诗也继承了吴歌含蓄婉转的手法，如《代春日行》："献岁发，吾将行。春山茂，春日明。园中鸟，多嘉声。梅始发，柳始青。泛舟舻，齐棹惊。奏采菱，歌鹿鸣。风微起，波微生。弦亦发，酒亦倾。入莲池，折桂枝。芳袖动，芬叶披。两相思，两不知。"先借景抒情，以至后来情景交融。以三言的形式入诗，在叙述上，先以鸟鸣梅落、春日盎然之景入诗。既是一种借景抒情，又是一种渲染手法。又如《代夜坐吟》："冬夜沉沉夜坐吟，含声未发已知心。霜入幕风度林。朱灯灭，朱颜寻。体君歌，逐君音。不贵声，贵意深。"先以"冬夜沉吟""风入霜林"起兴，女子寒凄独吟，朱灯吹灭，闻君声相思也渐深。这与《子夜冬歌》其九"天寒岁欲暮，朔风起飞舞。怀人重衾寝，故有三夏热"相似。又有吴歌《子夜歌》其五：

"崎岖相怨慕，始获风云通。玉林语石阙，悲思两心同。"先以崎岖不平之路，点出情侣间的处境困难；"风云通"，是说思念之人的消息已经知晓，可心安；即使无法相见，两颗心存的也是一片相同的悲戚。

由此可知，鲍照婚恋诗在形式结构、内容情感、表现手法上都对南朝吴歌有一定的继承。

二、鲍照婚恋诗对东晋南朝吴歌的创新

在形式结构上，鲍照婚恋诗由组诗到拟乐府诗。鲍照婚恋诗中有组诗《吴歌》三首、《采菱歌》七首、《幽兰》五首，共 15 首。另有由组诗嬗变为拟乐府诗的诗 20 首，包括《代陈思王京洛篇》《代白头吟》《代别鹤操》《代朗月行》《代夜坐吟》《代春日行》《代鸣雁行》《代北风凉行》《拟青青陵上柏》《代白纻曲二首》《代白纻舞歌辞四首》其三以及《拟行路难十八首》其一、其二、其三、其八、其九、其十、其十三、其十七。

在句式上，鲍照婚恋诗由四句五言诗到五（七）言诗，如《代陈思王京洛篇》《代白头吟》《代朗月行》《还都道中诗三首》其一、《绍古辞七首》均是五言诗；七言诗多出于《拟行路难十八首》《代鸣雁行》《代白纻舞歌词四首》其三等诗歌中。在这两类婚恋诗中也有杂言相间的诗歌，如《代北风凉行》《代淮南王》二首等诗均为杂言相间。而吴歌继承了汉乐府的四句五言诗的形式，故形式多以五言为主，杂言较少。从体例上看，鲍照婚恋诗由篇幅短小到体式独然。吴歌五言四句，篇幅小，最长的诗《华山畿》其一也不过 23 个字：

华山畿！君既为侬死，独活为谁施。欢若见怜时，棺木为侬开。

除此之外，再无更长的吴歌。而鲍照婚恋诗则不同，最长的《拟行路难

十八首》其十三共 206 字，这是简短的吴歌所不能比拟的。

从鲍照婚恋诗的内容情感来看，在吴歌的基础上有了新的承变。

其一，由男女之间的相思誓言之诗到夫妻之间的思念之诗。吴歌中的爱情相思比比皆是，多是恋爱之前或恋爱时的浓郁思念。相传《子夜曲》由"晋有女子名子夜，造此声，其声调凄凉哀苦"而得名。而鲍照婚恋诗中有表现真挚的夫妻之情的诗，如《梦还乡》：

衔泪出郭门，抚剑无人逵。沙风暗塞起，离心眷乡畿。夜分就孤枕，梦想暂言归。孀妇当户叹，缫丝复鸣机。慊款论久别，相将还绮闱。历历檐下凉，胧胧帐里辉。刈兰争芬芳，采菊竞葳蕤。开衿夺香苏，探袖解缨徽。寐中长路近，觉后大江违。惊起空叹息，恍惚神魂飞。白水漫浩浩，高山壮巍巍。波澜异往复，风霜改荣衰。此土非吾土，慷慨当告谁。

此诗是写鲍照在梦中与妻子相约相会之景。夫妻之情真挚美好，少了些许相思浓愁，多了一份深沉婉约。王闿运评"探袖"句近亵，这种情绪在《岁暮悲》中也有描写，写得缠绵悱恻，深切动人。

其二，由爱情诗到婚恋寄兴诗，由怨恨悲秋、离愁别绪之情到仕途寄寓、人生悲戚之情。吴歌中多写爱情诗，爱情诗婉约动人，含蓄多情。如《子夜歌》其九："今日已欢别，何会在何时？明灯照空局，悠然未有棋。"此为双关手法，以"棋"谐"期"，暗指对郎回归日的期待。又如《七日夜女郎歌》其八："风骖不驾缨，翼人立中庭。箫管且吹停，展我叙离情。"离别之情难以言表，只有沧桑之感跃于纸上。这类诗另有《咏双燕二首》其一、《秋夜二首》其一、《怀远人》《梦还乡》等。

此外，诗中多以闺怨诗来寄托个人身世之感。陈师道《后山居士诗话》

评："鲍照之诗，华而不弱。""华而不弱"是指其诗气质刚毅，犹有深寄。虽辞藻华饰，雕刻细致，但也凸显了司空图《二十四诗品》中云"象外之象，景外之景"的真谛。如《绍古辞七首》其一：

橘生湘水侧，菲陋人莫传。逢君金华宴，得在玉几前。三川穷名利，京洛富妖妍。恩荣难久恃，隆宠易衰偏。观席妾凄怆，睹翰君泫然。徒抱忠孝志，犹为菶菲迁。

该诗写生于湘水的橘，外表拙劣，不堪入目。一日盛放高宴，列位君前，却免不了菶菲迁地的下场。从此诗的内容情感看，表面是写湘水橘的待遇，实际上是以屈原《橘颂》点明主旨，兴寄自己"受命不迁"的哀愁，抒发自己怀才不遇的不幸遭遇，以此表现自己"才秀人微"之悲。由此观之，鲍照婚恋诗已经超越抒发男女之情的爱情诗，兴寄身世之感在这类诗歌中有所体现。这类诗另有《代白头吟》《代朗月行》《拟行路难十八首》其十。

就表现手法而言，鲍照婚恋诗多用象征寄兴手法，风格由清新自然到描述声貌、述写容貌。

其一，由双关谐音到比兴寄托。吴歌中的双关谐音比比皆是：有"悠然未有棋"中的"棋"双关"期"；有"黄檗向春生，苦心日已长"中的"苦心"的双关；有"理丝入残机，何悟不成匹"中的"匹"的双关，实则用织丝不成匹，暗示情人不成对，佳偶难成。又如"果得一莲时，流离婴辛苦"中的"莲"，应与"采莲南塘秋，莲花过人头。低头弄莲子，莲子清如水"中的"莲"一样。"莲"，同"怜"，是指相互交欢疼爱的意思。除此之外，在吴歌中大多用"碑"谐音"悲"，用"丝"谐音"思"。鲍照婚恋诗在比兴、双关、谐音的基础上，发展兴寄象征手法。象征寄托始于屈原，他在《诗经》

比兴手法的基础上，开创了以男女关系暗喻君臣关系的象征手法。鲍照婚恋诗在此基础上，用象征手法以表兴寄，或是寄托自己的贫士之悲、身世之感，或是表达韶光易逝、岁月难悲之情，如《拟行路难十八首》其二：

　　洛阳名工铸为金博山，千斫复万镂，上刻秦女携手仙。承君清夜之欢娱，列置帐里明烛前。外发龙鳞之丹彩，内含麝芬之紫烟。如今君心一朝异，对此长叹终百年。

　　《鲍参军集注》引张蔭嘉云："设为闺怨，叹人心易变，用携手仙比照，有意。""设为闺怨"，实则"有意"，是指此诗虽为闺怨诗，实则另有它指。从此诗内容上看，"名工"善铸，精雕细琢，刻有有情人双宿双栖。"金博山"外观休美，指出实用价值高。"清夜""明烛"，点明可致君欢。此物此人外有丹彩，内修雅韵，比鳞麝之芳，而今"君心异"。金博山也只能"长叹终百年"。乍看是描写善物遭变。从用典看，此另有天地。据刘向著，滕修展、王奇等人编《列仙传神仙注译》中云："箫史善吹箫，作凤鸣。秦穆公以女弄玉妻之，作凤楼，教弄玉吹箫，感凤来集，弄玉乘凤、箫史乘龙，夫妇同仙去。""秦女携手仙"是化用箫史弄玉、乘凤飞去双宿双栖的典故。"金博山"象征鲍照本人，"携手仙"寄托鲍照的雄心壮志，最后两句，用一"叹"字，表达诗人"吞声踯躅不敢言"的无奈和可歌可泣的悲叹。自屈原香草美人暗喻，以美女不赏象征君臣不和之貌的诗歌多如黄沙，此诗也是用金博山的精雕细琢却招君心异的结果，来寄托自己才华横溢却无人赏识的悲戚。除此之外，又《拟行路难十八首》其三："璇闺玉墀上椒阁，文窗绣户垂绮幕。中有一人字金兰，被服纤罗采芳藿。春燕差池风散梅，开帏对景弄禽爵。含歌揽涕恒抱怨，人生几时得为乐？宁作野中之双凫，不愿云间之别鹤。"先描写女子居住环境的豪华，再描写女子穿着的奢华。由人本身转换到春景的描写，再由触景生情到描写女子的内心，"宁作""不愿"体现女子宁肯放弃所有拥有的物质和有情人双宿双栖，也不愿意做逍遥自在的单鹤孤苦无依。"双凫"，是女子想与君为伴。君，实指官宦贵族。"女子"是鲍照的自喻。诗中女子如今只能守着文窗绣户，含歌独泣。可知该诗寄托了鲍照深沉悲戚的怀才不遇之悲。由上可知，鲍照婚恋诗发展了兴寄象征手法。

其二，由语言质朴晓畅到华丽晦涩。鲍照诗歌因多描写女子容貌衣饰，在描写上多有华丽的辞藻。如《拟行路难十八首》其一："奉君金卮之美酒，瑇瑁玉匣之雕琴，七彩芙蓉之羽帐，九华蒲萄之锦衾。红颜零落岁将暮，寒光宛转时欲沉。愿君裁悲且减思，听我抵节行路吟。不见柏梁铜雀上，宁闻古时清吹音！""金卮""瑇瑁玉匣""七彩芙蓉""锦衾"都是用来排忧的四种物件。又感慨红颜凋零、寒光欲沉，其实是感慨自己韶年渐渐离去，却终是一事无成，只愿排忧行乐。全诗女子身份通过"金卮""瑇瑁玉匣""七彩芙蓉"显露出来，这些都是贵族的饰品，显示的是贵妇人形象，用暗示性的词语交代女主人的身份家底，对后世温庭筠的《菩萨蛮》"小山重叠金冥灭"中香腮玉腕女子形象也有影响。这种形象身份，是通过高贵的物象赋予诗歌华丽的语言表现出来的。而吴歌描写的女主多为普通的少女妇人，如"理丝入残机"，说明女子正在织丝；再如"黄檗向春生"，说明居住的条件并不是"东风夜放花千树"的繁华市巷，可知吴歌女子多为织妇浣女，她们所咏之歌语言上多质朴清晰、明白晓畅。

晦涩是指鲍照婚恋诗将明白质朴的生活词汇用生僻难懂的字词代替，代替了的诗歌则体现出生涩讳僻之感。而这与六朝时期流行的藏词手法如出一辙。所谓藏词，是指要用的词已见于习熟的成语，便把本词藏了，单将成语的另一部分用在话中来替代本词。如《拟行路难》其九"锉蘖染黄丝，黄丝历乱不可治"，再如《岁暮悲》"丝胃千里心，独宿乏然诺"，《夜听妓》"澄沧入闺景，葳蕤被园蕾"，其中的锉蘖、胃、葳蕤都是难以抒写的生僻字，对《诗经》《楚辞》的字词枝附影从。

其三，风格由清新质朴到郑卫之音。《南史》称"自宋大明以来，声伎所尚多郑、卫，而雅乐正声鲜有好者"。鲍照的婚恋诗一方面继承吴歌的清新自然风格，另一方面吸收郑卫之音。如《夜听妓》其一："夜来坐几时，银汉倾露落。澄沧入闺景，葳蕤被园藿。丝管感暮情，哀音遶梁作。芳盛不可恒，及岁共为乐。天明坐当散，琴酒驶弦酌。"诗题点明此诗以娼妓为描写对象。描写娼妓的容貌和爱情故事，显然是对《诗大序》《礼记》等儒家诗教观的大胆反叛。风格自然呈现出红紫郑卫之色，是对吴歌的创新。而南朝乐府民歌写的不是什么惊天动地的爱情故事，只是日常的情爱生活中的情态和感触。正是由于吴歌描写的是人情世态、生活点滴，因而多的是清丽质朴的语言。

鲍照婚恋诗约占鲍照 204 首总诗的四分之一，它对东晋南朝吴歌的承变主要表现在继承和创新上。继承主要表现在形式、内容上：在形式上，吸收吴歌的组诗特点，创作四句五言诗；在内容上，吸收其相思情浓的爱情诗。创新主要表现在情感、表现手法上：在情感上，寄托身世之悲、怀才不遇；在表现手法上，兴寄象征手法、语言的华丽晦涩、描写对象的浓艳。继承和创新都是对东晋吴歌的承变。

参考文献

[1]王丽萍.从"三美"原则看吴歌英译：以《月亮弯弯》为例[J].时代文学,2011,(10):119-120.

[2]连淑能.英汉对比研究[M].北京：高等教育出版社,1993.

[3]毛荣贵.英译汉技巧新编[M].北京：外文出版社,2001.

[4]包惠南.文化语境与语言翻译[M].北京：中国对外翻译出版公司,2001.

[5]廖七一.当代西方翻译理论探索[M].南京：译林出版社,2002.

[6]王丽萍.论交际翻译理论与吴歌中谐音双关语的翻译[J].湖北广播电视大学学报,2011,(07):96-97.

[7]蔡丰明.吴地歌谣[M].南京：南京大学出版社,1997.

[8]高丙中.民俗文化与民俗生活[M].北京：中国社会科学出版社,1984.

[9]于志新.舟山渔歌传承保护刍议[J].管理观察,2019,6(13):88-90.

[10]王松.苏州吴歌保护与传承的现状及前景探析[J].苏州科技大学学报(社会科学版),2018,35(4):85-91.

[11]吕琳.论吴歌的地域特色[J].苏州科技大学学报(社会科学版),2009,26(3):79-83.

[12]周作人.周作人民俗学论集[M].上海：上海文艺出版社,1999.

[13]冯梦龙.明清民歌时调集(上)[M].上海：上海古籍出版社,1987.

[14]黄静华.民俗学视野中非遗文本的特征、形态与意义[J].民族艺术,2019,(03): 6-12.

[15]江明惇.中国民间音乐概论[M].上海：上海音乐出版社,2016.

[16]张弢.现代报刊中的歌谣运动研究[D].南京：南京师范大学,2013.

[17]顾颉刚.吴歌甲集[M].北京大学歌谣研究室,1926.

[18]杨璐璐.民歌《茉莉花》近现代流传史研究[D].长春：东北师范大学,2014.

[19]施咏.江苏民歌在当代流行歌曲创作中的运用研究：以《茉莉花》、《孟姜女》为例[J].西安音乐学院学报,2014, 33(03):127-133.

[20]王俊清,乔磊.论吴歌的当代文化价值[J].语文学刊(高等教育版),2012(21):167-169.

[21]金照.中国民俗大系 江苏民俗[M].兰州：甘肃人民出版社出版,2004.

[22]钟敬文.歌谣论集[M].上海文艺出版社,1989.

[23]郭茂倩.乐府诗集[M].北京：中华书局,1979.

[24]王翼之.吴歌乙集[M].南京：江苏古籍出版社,1999.

[25]沈德潜.古诗源[M].北京：中华书局,1977.

[26]钟惺.古诗归[M].武汉：湖北人民出版社,1985.

[27]丁福保.历代诗话续编[M].北京：中华书局,1983.

[28]萧涤非.汉魏六朝乐府文学史[M].北京：人民文学出版社,1984.

[29]唐长孺.汉魏六朝史论丛续编[M].北京：三联书店,1959.

[30]萧绎.金楼子[M].北京：中华书局,1985.

[31]历涛,易人.吴地人善坐船造山歌：长篇叙事山歌的艺术特色[J].南京艺术学院学报(音乐及表演版),1997(02):30-34.

[32]殷颙.吴语方言与吴歌的地方色彩[J].浙江教育学院学报,2006(01):58-62.

[33]沈志凤.试论吴歌的现代文化价值[J].和田师范专科学校学报：汉文综合版,2007, 27(06):129-130.

[34]车科.略论吴歌的音乐价值[J]. 大众文艺,2010(23):14-15.

[35]徐湘.深入挖掘吴歌音乐传统 创作新时代音乐作品[J].中国音乐,2005(01):147-152.

[36]夏美君.非物质文化遗产吴歌的保护与传承[J].大舞台,2012(12):261-262.

[37]朱义华.非物质文化遗产吴歌保护与传承的译介学探索进路研究[J].江南大学学报(人文社会科学版),2013,12(05):122-128.

[38]耿仁甫.关于白茆山歌改编的几点思考[J].常熟理工学院学报,2011,25(07):122- 124.

[39]张红霞.河阳山歌社会功能探究[J]. 民间艺术,2013(01):162-163+168.

[40]张红霞.吴江芦墟山歌的生态文化背景及曲调特点[J].民间艺术,2010(03):112-115.

[41]郑振铎.中国俗文学史[M].北京：作家出版社,1954.

[42]钱乃荣.当代吴语研究[M].上海：上海教育出版社,1992.

[43]翁其斌."吴歌"、"西曲"文人拟作考[J].上海师范大学学报(哲学社会科学版),1996(03):23-27.

[44]杨俊光.唱歌就问歌根事[M].北京：北京师范大学出版社,2011.

[45]冯骥才.民间文化是我们的"母体文化"[N].光明日报,2003-03-19.

[46]余建华.城市化进程中上海田山歌保护研究[D].上海：上海师范大学,2012.

[47]包志刚.随"五姑娘"的问世而产生的几点想法：试论芦墟山歌的保护、传承和发展[J].青春岁月,2012(20):218.

[48]陈莹.加强非物质文化遗产保护的当代意义[J].江苏师范大学学报(哲学社会科学版),2016,42(06):157-160.

[49]吴彬.评弹在苏州传承的考察与研究[D].南京：南京航空航天大学,2007.

[50]李宗桂.传统与现代之间：中国文化现代化的哲学省思[M].北京：北京师范大学出版社,2011.

[51]习近平.决胜全面建成小康社会 夺取新时代中国特色社会主义伟大胜利：在中国共产党第十九次全国代表大会上的报告[J].时事报告(党委中心组学习),2017(06):5-49.

[52]陈自仁.心灵的记忆：名录中的民间文学[M].兰州：甘肃人民美术出版社,2012.

[53]郭茂倩.乐府诗集[M].上海：上海古籍出版社,1993.

[54]胡适.胡适古典文学研究论集[M].上海：上海古籍出版社,2013.

[55]邹养鹤.吴地一绝：白茆山歌[J].广播歌选,2011(07):4-11.

[56]吴磊.河阳山歌研究[J].民族艺术研究,2012(05):62-69.

[57]朱义华.非物质文化遗产"吴歌"保护与传承的维度[J].中国市场,2013(36):37-38.

[58]过伟.吴歌研究[M].苏州：古吴轩出版社有限公司,2011.

[59]冯智全.吴地民间歌曲解读[M].上海：上海音乐学院出版社,2011.

[60]张红霞.芦墟山歌研究[J].民族艺术,2009(04):112-115.

[61]汪榕培,金煦,王宏,等.吴歌精华[M].苏州：苏州大学出版社,2003.

[62]江洪,朱子南,叶万忠,等.苏州词典[M].苏州：苏州大学出版社,1999.

[63]高福民,金煦.吴歌遗产集粹[M].上海：上海文艺出版社,2003.

[64]朱自清.中国歌谣[M].北京：北京联合出版公司,2015.

[65]贺学君.关于非物质文化遗产保护的理论思考[J].江西社会科学,2005(2):103-109.

[66]曹伟锋.舞台版《春米歌》晋京演出：白茆山歌传承创新得良方[N].常熟日报,2008-11-17.

[67]丁福林.鲍照研究[M].南京：凤凰出版社,2009.

[68]马积高,黄钧.中国古代文学史(上)[M].北京：人民文学出版社,2009.

[69]闫文静.南朝乐府民歌在同时代的接受研究[D].长春：东北师范大学,2010.

[70]钱仲联.鲍参军集注[M].上海：上海古籍出版社,1980.

[71]袁仄.中国服装史[M].北京：中国纺织出版社,2005.

[72]郑俊.鲍照乐府诗研究[D].开封：河南大学,2009.

[73]李鹏.鲍照诗歌专题研究[D].西安：陕西师范大学,2009.

[74]张咏铃.爱情审美文学视野中的南朝乐府民歌[D].湘潭：湘潭大学,2002.